KB109796

우리는 생각만큼 높은 수준이 아니다

우리는 생각만큼 높은 수준이 아니다

발행일 2023년 2월 6일

지은이 최현성
펴낸이 손형국
펴낸곳 (주)북랩
편집인 선일영
디자인 이현수, 김민하, 김영주, 안유경, 신혜림
마케팅 김회란, 박진관
편집 정두철, 배진용, 김현아, 윤용민, 김가람, 김부경
제작 박기성, 황동현, 구성우, 권태련
출판등록 2004. 12. 1(제2012-000051호)
주소 서울특별시 금천구 가산디지털 1로 168, 우림라이온스밸리 B동 B113~114호, C동 B101호
홈페이지 www.book.co.kr
전화번호 (02)2026-5777 팩스 (02)3159-9637

ISBN 979-11-6836-724-1 03810 (종이책) 979-11-6836-725-8 05810 (전자책)

잘못된 책은 구입한 곳에서 교환해드립니다.
이 책은 저작권법에 따라 보호받는 저작물이므로 무단 전재와 복제를 금합니다.
이 책은 (주)북랩이 보유한 리코 장비로 인쇄되었습니다.

(주)북랩 성공출판의 파트너
북랩 홈페이지와 패밀리 사이트에서 다양한 출판 솔루션을 만나 보세요!
홈페이지 book.co.kr • **블로그** blog.naver.com/essaybook • **출판문의** book@book.co.kr

작가 연락처 문의 ▸ ask.book.co.kr
작가 연락처는 개인정보이므로 북랩에서 알려드릴 수 없습니다.

우리의 수준을 직시할 때
인류의 진화가 시작된다

우리는 생각만큼 높은 수준이 아니다

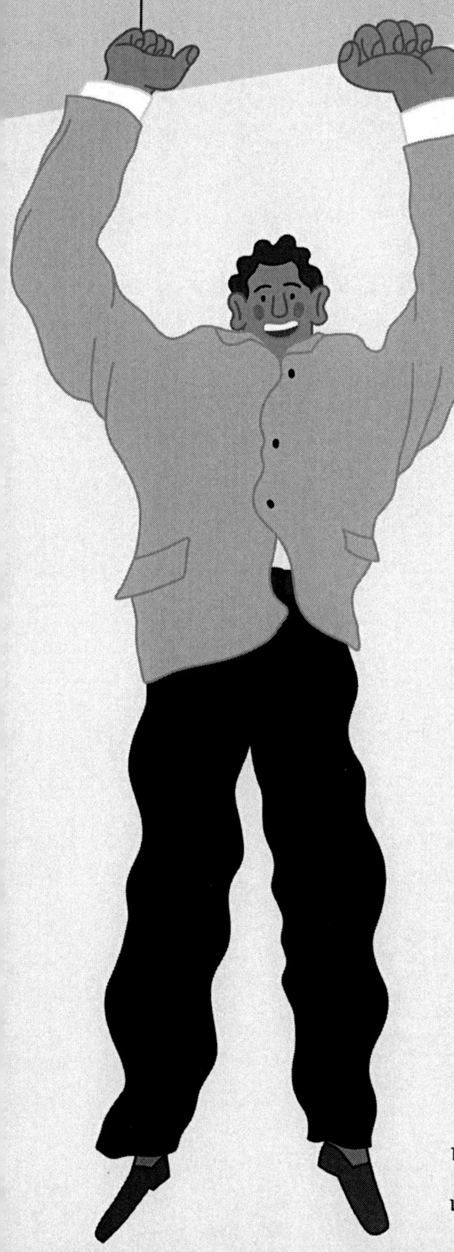

최현성 지음

더 나은 나를 위해,
내면의 속삭임에 솔직해지기!

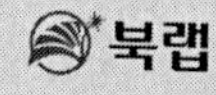

북랩

작가의 말

나는 어려서부터 화목하지 않은 가정환경으로 인해 마음이 항상 불안하고 우울했던 젊은 시절을 보냈다. 그러다 보니 불안감을 해소하기 위하여 자연스럽게 영성, 철학, 역사에 관심을 가지게 되었다. 어쩌면 그러한 어린 시절과 가정환경은 영성/철학에 관심을 가지게 만들기 위한 내 영혼의 계획이 아니었나 하고 생각한다.

영성, 철학, 역사에 관심은 있었지만 깊게 파지는 않았다. 원래 어떤 것을 깊게 파는 성향도 아니었지만, 그런 성향은 오히려 기독교, 불교, 도교 등 다른 종교에 열린 마음을 유지할 수 있게 해주었고 그들이 전하는 메시지가 어느 정도는 일맥상통한다고 느껴졌다.

2022년 초에는 개인적으로 재미있는 일이 발생하는데 내 내면의 신성과 대화를 할 수 있다는 것을 알게 된 것이었다. 물론 2~3년인가 내 안의 신성과 대화를 하려고 노력을 했지만 거의 효과를 보지 못하다가 2022년이 되자 소통이 잘되기 시작한 것이다.

아니 어쩌면 원래 소통이 됐는데 내가 몰랐던 것일 수도 있다.

내가 내 내면의 신성과 소통이 된다고 느끼면서 나는 하나의 큰 착각에 빠져들게 되는데 그것은 바로 "내 영성이 남들 영성보다 높다고 생각한 것이었다." 그리고 그 착각은 오래가지 않았다.

조금씩 작은 균열이 생기고 모래성이 쓰러지듯이 한순간에 '별것 아닌 일'로 무너져버렸다.

그러자 나 자신을 직시하기 시작했다. 내가 그렇게 수준이 높다고 착각한 나 자신을 있는 그대로 보니 위선적이고 두려움이 많은 사람에 불과했다.

그때부터 나는 나를 제대로 관찰하기 시작했다. 그리고 나를 제대로 관찰하기 시작하자 남들도 제대로 관찰하기 시작했다. 내 기대가 아니라, 있는 그대로 말이다. 그렇게 보니 나뿐만 아니라 다른 사람들 또한 수준이 그렇게 높은 게 아니라는 게 보였으며 또한 자신들이 수준이 높다고 착각하며 살고 있다는 것을 알게 되었다. 그것이 이 책을 쓰게 된 계기이다. "우리 수준을 정확히 보자. 그래야 우리가 성장하고 행복해질 수 있다." 이 메시지를 전달하기 위해서.

그리고 또 다른 계기 즉 가장 큰 계기는 내 내면의 신성이 시켰기 때문이다.

서문

“평범한 사람이 평범한 사람의 마음을 가장 잘 안다.”

스포츠에서 명감독들은 대부분 선수 시절에 평범한 선수였다. 모두 그런 것은 아니지만 스타 플레이어가 명감독이 되는 경우는 많지 않다. 왜 그럴까? 뛰어난 선수들은 평범한 선수들의 마음과 상황을 잘 이해하지 못하기 때문이다.

그렇다면 어떻게 평범한 선수 시절을 보냈던 감독들이 명감독이 될 수 있었을까? 내가 스포츠 감독을 해보지 않았기 때문에 그저 유추해본다면, 팀을 구성하는 선수들은 대부분 평범한 선수들이다. 그중 소수만이 뛰어난 선수들이다.

하지만 스포츠는 팀 플레이다. 따라서 대부분을 차지하는 평범한 선수들을 어떻게 코치하느냐에 따라 팀 전체의 수준이 달라진다. 특히 다양한 전략, 전술로 경기하는 요즘 시대에는 스타 플레이어 한두 명이 승부를 가르는 게 더욱 어렵다.

그렇기에 평범한 선수 시절을 보냈던 감독들은 평범한 선수들이 어떤 생각을 하고 어떤 마음이며 어떤 어려움을 겪는지 잘 알고 있다. 그래서 평범한 선수들의 어려움을 도와 줄 수 있고, 그들의 실력을 높일 방법도 잘 알 수 있었을 것이다.

삶도 영성도 마찬가지라 생각한다. 뛰어나 선각자들인 예수 그리스도, 부처, 노자가 행한 일이나 말, 글들은 우리에게 가슴 뛰는 감동을 주지만 결국 우리 수준과 맞지 않다.

"네 원수를 사랑하라."

얼마나 멋진 말인가? 하지만 내 가족, 내 이웃 심지어 나 자신도 사랑하지 못하는 상황에서 얼마나 허황된 말인가. 그들의 수준은 인류의 대부분인 우리와 달리 너무 높다. 뱁새가 황새 쫓다가 가랑이가 찢어지듯이 우리가 따르기에는 너무 힘들고, 자칫하면 절망감만을 줄 뿐이다. 물론 그들이 우리에게 제시한 방향성을 따라가는 것이 도움이 된다는 사실은 의심할 여지가 없다고 생각한다. 하지만 자신의 수준을 알지 못한 채 이상만 좇는 것은 마치 이제 갓 물에 뜨기 시작한 수영 초보에게 바다로 데려가 몇 ㎞ 떨어진 섬까지 수영하고 오라는 것과 같은 것이다.

그렇기에 본인같이 평범하고 수준 낮은 사람이 더할 나위 없이 평범한 삶 속에서 깨달은 진리가 어쩌면 인류의 대부분을 차지하는 평범한 사람들에게 더 공감이 되고 더 도움이 될지도 모른다고 생각했다. 그래서 난 누구나 읽기 쉽게(초등학생도 이해할 수 있도록) 짧고 쉬운 글들로 적었다. 그리고 이 글을 통해서 나만 수준 낮은 것이 아니라 대부분의 사람들이 수준이 낮다는 사실을 알았으면 한다. 그래야 스스로를 있는 그대로 볼 수 있으며 부끄러워하지 않고 당당해질 수 있기 때문이다.

우리가 발전하려면 현재 수준을 정확히 알아야 한다. 그래야 올바른 시작점을 잡을 수 있기 때문이며, 그래야 그에 맞는 훈련과 문제해결 방안을 가질 수 있기 때문이다.

자신의 수준을 직시하는 게 두려운 일일 수도 있다. 나 또한 두렵다. 내가 공부한 영성과 철학과 사회 관념들은 우리 수준을 너무 높게 보고 있어서 나도 내가 높은 수준인 줄 알았다. 하지만 내 삶에서 겪는 갖가지 사건들에 대하여 내가 대응하는 것을 직시하기 시작하면서 내가 오랫동안 착각하고 살았음을 알았다. 내 생각과는 다른 나를 직시할 때 얼마나 괴로운가? 또 얼마나 그 모습을 부정하고 싶은가? 하지만 더 이상 자신의 모습을 직시하는 것을 늦추기에는 내가 직면한 문제와 인류가 직면한 문제가 너무 크기에 더 이상 늦출 수 없음을 깨달았다.

그렇다고 수준이 낮은 것이 나쁘다는 것이 아니다. 수준이 낮은 건 그냥 낮은 것이고 수준이 높은 건 그냥 수준이 높은 것뿐이다. 오히려 수준이 낮기에 올라갈 곳도 많고, 올라가는 재미가 있다. 게임으로 치면 1, 2레벨 때가 가장 빠르게 레벨 업이 되기에 가장 재미있는 때인 것과 같다. 만렙이면 더 이상 올라갈 곳도 없으니 올라가는 재미도 없을 것이다.

그리고 우리의 현재 수준이 낮은 것이 우리의 잠재력까지 낮다는 이야기는 아니다. 아니, 오히려 우리의 잠재력은 무궁무진하다. 그 잠재력은 개발되기만을 기다리고 있다. 그러니 나와 함께 발전의 시작점을 정하고 앞으로 나가 보자.

목차

2부 수준 낮은 우리가 행복할 수 있는 방법

3부 수준 낮은 우리가 자신의 한계를 극복하는 방법

4부 스스로 생각하지 않는 우리, 최소한 이것만은 생각해보자

5부 수준 낮은 동지들에게 고함

1부

우리의 수준은 그리 높지 않으며 사실 굉장히 낮다

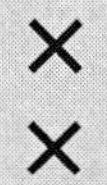

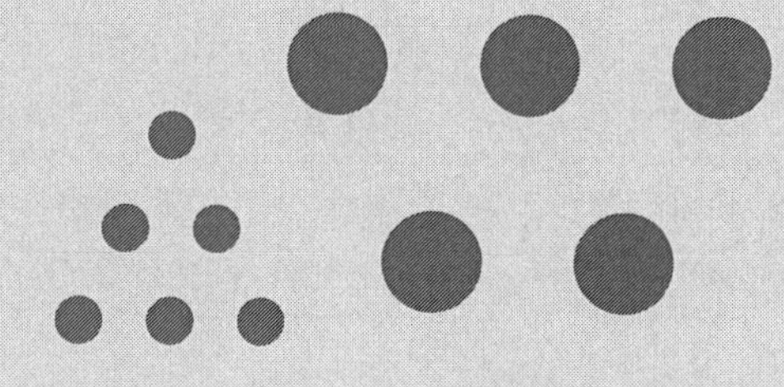

이 장에서 나는 현재 우리의 수준이 어떤지에 대하여 굉장히 직설적인 언어로 표현하였다. 내가 그렇게 한 이유는 우리 자신을 비하하려 하거나 우리 자신이 나쁘다고 얘기하기 위함이 아니다. 우리가 가진 자신에 대한 착각을 강한 어조로 부수기 위함이다.

착각이란 우리가 자신의 수준을 높게 보고 있다는 것이다. 그리고 그렇게 된 이유는 세상의 온갖 좋은 말들이 우리를 착각하게 만들었기 때문이다. 그러다 보니 우리는 계속 시작점을 잘못 잡고 있다. 인류의 정신문명이 앞으로 나아가는 듯하다가 결국 다시 뒤로 돌아오기를 반복하면서, 수천 년 전에 비하여 크게 진화하지 못한 이유가 결국 시작점을 잘못 잡았기 때문이라고 생각한다. 그래서 나는 인류가 깨어나기 위해선 충격이 필요하며, 지금이 충격을 주어야 할 때임을 직감하고 있다.

이 장에서 나의 글을 읽다 보면 거부감을 느낄 수도 있다고 생각한다. 하지만 자신이 거부감을 느낀다는 것은 어쩌면 스스로 알고 있었으나 인정하고 싶지 않은 부분이기 때문일 수도 있다. 하지만 인류의 진화를 더는 늦출 수 없기에 그런 거부감을 예상하고도 이 글을 쓴다. 그리고 나는 이 글들이 우리의 진화를 위한 시작점이 될 것으로 믿는다.

인간은 쓰레기다
나도 쓰레기다

인간은 쓰레기다.

자연계 종 중에서 같은 종끼리 서로 죽이는 종은 인간이 유일하다. 게다가 이렇게 대규모 학살을 자행하는 종은 이 거대한 우주에서도 드물 것이다.

그리고 자신을 먹여 살려주는 자연을 이렇게 끊임없이 공격하는 종 또한 인간이 유일하다. 이제는 그 정도가 심해져서 자연뿐만 아니라 인류 자체의 생존도 위협하는 지경에 이르렀으나, 아직도 정신 못 차리고 있다.

그런데도 인간들은 자신들이 만물의 영장이라고 말하며 마치 대단한 존재인 것처럼 거들먹거리고 있다. 또한 잘난 척, 착한 척은 얼마나 심한지 인간들의 대화를 유심히 들어보면 다들 자기들은 다 잘했는데 남들이 잘못했다고 말하고 있는 광경을 언제나 볼 수 있다.

남을 평가할 때는 초정밀, 마이크로미터 단위의 자로 아주 세밀하게 평가하고 비난하지만 자신을 평가할 때는 마치 1㎝가 100m는 되는 듯 관대하다.

나 또한 쓰레기다. 내가 남을 평가할 때는 마치 성인군자와 같이 날카롭고 정의감이 넘치지만, 나 자신을 평가할 때는 어찌나 관대한지 이루 말할 수 없다.

"내가 쓰레기니까 쓰레기장에 있는 거겠지."

착한 사람이 되느니
차라리 쓰레기가 되겠다

나는 착한 사람이 되느니 차라리 쓰레기가 되겠다.

왜 그럴까? 착한 사람들은 남의 평가나 시선 때문에 자신이 하고 싶은 말이나 행동을 하지 못한다. 주변 사람들에게 착한 사람으로 남아야 하니까.

하지만, 쓰레기 같은 사람들은 남의 평가나 시선에 아랑곳하지 않고 자신이 원하는 것을 한다. 왜냐하면 주변 사람들이 자신을 어떻게 생각하든 크게 개의치 않기 때문이다.

예전에는 주변 사람들에게 좋은 사람이라고 칭찬을 받는 대가로 나 자신을 구속했는데 이제는 차라리 주변 사람들에게 쓰레기라고 불리더라도 자유롭게 살겠다.

칭찬을 받는 것은 일시적으로 기분을 좋게 해주지만, 지속되지 않으며 내가 진정으로 원하는 자유와는 크게 상관이 없기 때문이다. 오히려 사람들의 평가에 얽매이기 시작하면 자신의 자유를 스스로 제한하게 된다.

자유는 인간의 가장 기본적인 권리인 동시에 본능이다. 그 사람들이 내 인생을 대신 살아주는 것도 아니요, 그들이 내 인생을 책임지는 것도 아니다. 그런데 대체 무엇 때문에 그들의 시선이 무서워 나의 권리이며 본능인 자유를 희생하며 내가 하고 싶은 것도 하지 못하고 참고 살아야 할까? 너무 참으면 병난다. 그럼 나만 손해다. 내가 손해볼 일을 할 필요가 있을까?

다른 사람의 말을 왜 믿나?

세상에서 가장 멍청한 일 중 하나가 사람들의 말을 100% 믿는 것이다. 왜 그럴까?

주위를 둘러보자. 한 번이라도 말과 행동이 완벽하게 일치하는 사람을 본 적이 있는가? 아니면 한 번이라도 본인 스스로 말과 행동을 완벽하게 일치시킨 적이 있는가?

대부분의 사람들은 의식 없이 기계적으로 말한다. 자신이 무슨 말을 하고 있는지, 그 의미가 어떤 건지도 전혀 알지 못하는 경우도 많다. 사실 아무 말 대잔치에 가깝다. 그러니 그 말들은 어떤 책임감도 없으며 그냥 하는 말일뿐, 아무런 의미가 없다.

그러면서 사람들은 서로 믿고 살아야 한다고 말한다. 하지만 온갖 거짓말이 난무하는 이 사회에서 그만큼 무책임한 말도 없다. 어쩌면 그렇게 말한 당사자도 그렇게 사람을 믿지는 않을 것이다.

그러니 그 사람을 믿고자 한다면 그 사람의 말보다는 행동을, 그 사람의 행동보다는 그의 결과물을 보라. 그러면 그들이 어느 정도인지 알 수 있을 것이다.

그런데 솔직히 그 사람이 무슨 말을 하든, 무슨 행동을 하든 어떤 성과를 냈든 나와 관련이 있는 일이 아니라면 나랑 무슨 상관이 있나. 그냥 넘어가자. 그들 인생은 그들이 잘 살 것이다. 나는 내 인생만 잘 살면 된다.

내가 새로운 도전을 할 때
주변 사람들은 응원하지 않는다

(서로 끌어내리려고 하는 우리)

내가 어떤 새로운 도전을 할 때 주변 사람들이 응원해줄 거라는 기대는 하지 말자. 오히려 걱정을 가장한 온갖 부정적인 말들로 나의 의지를 꺾으려 할 가능성이 높다.

왜냐하면 그들은 내가 그 도전에 성공하기를 원하지 않기 때문이다. 자신이 온갖 핑계를 대며 하지 않은 것에 대하여 정당화를 했는데 비슷한 조건의 주변인이 성공하면 자신의 정당화가 잘못됐다는 의미가 되기 때문이다.

사람들은 옳고 그름을 목숨을 걸 정도로 중요하게 생각하며 항상 자신이 옳고 상대방은 틀렸다고 생각한다. 그러니 어이없는 종교 전쟁 같은 것들이 일어나는 것이다.

그런데 자신이 틀렸다는 게 눈앞에 보인다면 얼마나 괴로운 일인가? 정말 참기 힘든 일일 것이다. 그러니 자신이 옳다는 것을 증명하려고 애쓸 것이다. 그리고 그렇게 하는 방법 중 가장 쉬운 게 말로 이러쿵저러쿵 하는 것이다.

이러한 사실들을 안다면 내가 주목해야 하는 부분은 그들의 말이 아니라 그들이 무엇을 이뤘는가이다. 그것들을 유심히 보면 그들이 생각하고 말하는 대로 그들의 현실을 창조하고 있음을 알 수 있을 것이다.

하지만 그들을 미워하지는 말자. 나도 한때 그들처럼 그랬고 어쩌면 지금도 그러고 있을지 모르기 때문이다. 차라리 자신을 강하게 만들 기회로 활용하자. 그들이 그런 말을 할 때 속으로 이렇게 말하자.

"그래, 좋아. 내가 너희들이 생각하는 것 이외에 다른 길이 있다는 걸 보여줄게."

그리고 성과가 가시적으로 드러나기 시작하면 사람들은 조용해지기 마련이다. 그렇게 자신들이 옳다고 얘기했던 것들이 갑자기 사라지는 순간이다. 그렇게 옳다고 우기던 것들이 성과 앞에서 사라지는 마법이다. 그들은 아무것도 모른다. 그렇게 잘 알았다면 아마 지금 그 자리에 있지도 않을 것이다. 그러니 자신이 마음먹은 대로 나아가자. 결과를 그들이 책임지는 것도 아니요, 자신이 책임질 것 아닌가.

착한 사람들이 술을 마신다

술은 착한 사람들이나 마신다. 평소에 자신과 맞지도 않는 착한 짓을 하느라 스트레스가 쌓이니, 그 스트레스를 술로 풀기 때문이다.

나쁜 사람들은 술을 안 마신다. 나쁜 사람들은 오로지 자신만을 생각하기에 자신에게 스트레스가 쌓일 일을 애초에 하지 않는다. 따라서 자신에게 도움이 되지 않는 술을 마실 이유가 없다.

우리는 착한 사람이 되려고 무진 애를 쓴다. 어렸을 때부터 착한 아이가 되라는 말을 수도 없이 반복해서 들었기 때문이다. 착한 사람이 되는 건 옳은 것이고, 그런 사람이 아니면 잘못된 것이기 때문이다.

그런데 착한 사람의 기준이 무얼까? 본인도 모른다. 단지 상황에 따라 이랬다저랬다 할 뿐이다. 그러니 매번 고민에 휩싸이고 스트레스를 받는 것이다.

스트레스를 풀기 위하여 술을 마시고 때론 술김에 행패를 부리면서, 정작 술이 깨면 이렇게 말한다.

"그놈의 술이 문제야."

술이 문제가 아니라 애초에 술을 마시게 한 원인이 문제인데도 전혀 인식하지 못한다. 원인을 모르니 해결 방법도 모르고 그러니 술 탓을 하며 또 술을 마시는 것이다.

아니 어쩌면 원인을 알고 있으나 해결 방법을 모르기 때문일 수도 있다. 아니다, 어쩌면 해결 방법을 알아도 그것을 행할 자신이 없어서일 수도 있다. 그냥 이렇게 사는 게 좋기 때문이다.

나는
위선적이다

내 마음을 관찰해보면 이상한 현상들을 볼 수 있는데, 어떤 사람이 내 생각과 비슷한 말을 하면 그 사람을 높게 평가하고 좋아한다. 그리고 그 사람의 말이 맞다고 여기며 믿는다.

사실 그 사람의 말을 믿는 게 아니라 내 생각을 믿는 것뿐인데도 말이다. 그러다가 동일한 사람이 어느 날 내 견해와 다른 말을 하면 조금씩 그 사람 말을 믿지 않으려 한다.

그러다가 내가 예민하게 생각하는 부분에 대해 견해가 다르면 그 사람을 비난하기 시작하고 그 사람을 평가 절하하기 시작한다. 그 사람은 그때나 지금이나 똑같은데, 높게 평가되던 사람이 갑자기 낮게 평가되는 롤러코스터와 같은 일이 일어나는 것 이다.

결국 나는 객관적인 사리 판단에 근거하여 사람이나 사물을 판단하는 게 아니라 그저 내 마음에 들면 옳다고 여기고 내 마음에 안 들면 싫다고 여기는 것뿐이다.

결국 객관성은 개나 줘버리고 있으면서 사람들하고 말할 때는 굉장히 논리적인 척, 객관적인 척한다. 왜냐하면 그래야 내가 잘나 보일 거라고 착각하기 때문이다. 그래봤자 내 수준이 거기서 거기인데도 말이다.

인간들은 자기 합리화의 달인이기 때문에 이런 현상들은 흔히 볼 수 있다. 그러니 주변에서 누군가를 칭찬하다가 갑자기 비난하더라도 놀라지 말자. 원래 사람들 평가가 그렇기 때문이며 자신도 그렇게 하고 있기 때문이다. 단지 이 사실을 알고 남들의 평가에 예민하게 반응만 하지 않으면 될 뿐이다.

우리는 우리의 의식 수준을 너무 높게 보고 있다

우리는 우리의 의식 수준은 낮은데 높은 척하느라 힘들다. 우리 사회의 도덕적 기준들은 온갖 좋은 것들만 다 갖다 붙여 놔서 듣기에는 좋을지 모르나 우리의 수준과는 상관이 없는 경우가 많다. 이런 경우 실효성이 없다고 말할 수 있겠다.

우리의 수준은 낮은데 도덕적 기준만 높으니 자꾸 우리 스스로나 남에게 무리한 요구를 한다. 그리고 그 기대 수준에 미치지 못하면 비난한다. 그런데 그 기대 수준을 자신은 잘 지키고 있는지 모르겠다. 그 모습은 마치 수영 초보에게 접영을 시키곤 못한다고 비난하면서 정작 자신도 접영을 못하는 꼴이다.

그러니 남들의 평가에 예민하게 반응하는 우리는 두 가지 중 하나의 선택을 강요받게 된다. 첫 번째는 할 줄 안다고 하고 이런저런 핑계를 대고 안 하거나, 다른 기초는 제쳐 두고 접영만 배워 접영만 흉내낼 줄 아는 것이다. 그러니 단계적으로 배워야 할 기본적인 발차기나 손동작, 호흡 등을 제대로 할 줄 몰라 수영을 할 수 있다고 말하기 어렵게 되는 것이다.

이렇게 우리 사회는 비난받기 싫어 거짓말을 하거나 진실을 말하려 하지 않는다. 그러기에 서로가 서로를 오해하고 서로 혼란스러워한다. 그러다 진실이 밝혀지면 자신을 속였다고 화를 낸다. 자신이 남을 속인 것은 절대로 생각하지 않는다. 그러니 서로 싸움이 날 수밖에 없다. 누군가 한 사람이라도 자신 또한 남을 속였다는 것을 알았다면 싸움이 날 수 없다. 양쪽 다 상대방이 자신을 속였다고 말하기에 싸움이 나는 것이다.

"이런 식으로 우리 인류는 끊임없이 전쟁을 경험하고 있다."

남들도
자신과 같이 개털이다

우린 자주 남들에게서 자신이 필요한 것을 얻을 수 있다는 착각을 하고 있다. 하지만 실상은 그들도 개털이다. 그들도 항상 부족함에 시달리는데, 그 사람들에게서 무엇을 얻을 수 있을까?

마치 거지가 거지보고 뭐 좀 달라고 하는 꼴이다. 주변에 물질적이든 정신적이든 자신이 충분히 가지고 있다고 생각하며 사는 사람이 있는가? 대부분 자신이 뭐가 부족하다고 말하고 있을 것이다.

그리곤 그 부족함을 채우기 위해 동분서주하지만, 더 큰 부족함만을 경험할 뿐이다. 왜 그런가? 그들이 무엇을 얻고자 하기 위하여 외부 세상을 이리저리 다니지만, 지금의 외부 세상은 모두 부족함에 시달리고 있기 때문이다.

돈이 부족하고
시간이 부족하고
능력이 부족하고
사랑이 부족하고
인정이 부족하고

관심이 부족하고

세상에서 울려 퍼지고 있는 이 부족하다는 메시지를 일부러 다니면서 듣고 있는 것이다. 그러니 아무리 풍족해도 부족하다고 생각한다. 몇십 년 전까지만 해도 우리는 먹을 것만 풍부했으면 소원이 없다고 말했지만, 먹을 게 풍부해진 지금은 돈이 더 많으면 소원이 없겠다고 말하고 있다.

집을 사면 더 큰 집을 사야 충분할 거 같고, 더 큰 집을 사면 사는 동네가 더 좋아야 충분할 거 같고, 사는 동네가 좋으면 이웃이 좋아야 충분할 거 같고. 부족함은 끝이 없다.

거지란 스스로 거지라고 생각하면 거지인 것이다. 스스로 거지라고 생각한다는 것은 스스로 끊임없이 부족하다고 여기는 것과 같다. 거지가 아닌데 그렇게까지 부족하다고 여길 이유가 있을까?

만족은 그 누구도 아닌 스스로만이 채울 수 있다. 그것은 관점의 차이이다. 그리고 나의 관점의 전환은 오직 나만이 할 수 있다.

우리가
살고 싶어 하지 않는 이유

우리의 삶에 대한 의지는 스스로가 만든 제약에 의해 점차 사라져간다. 스스로가 만든 제약이란 무엇인가? 반드시 이래야 한다거나 아니면 반드시 이래서는 안 된다는 생각이다.

책임감이 있어야 하고,
예의가 발라야 하며,
능력이 좋아야 한다.
거짓말을 하면 안 되고,
반항하면 안 되며,
특이한 행동을 하면 안 된다.

삶은 자유이고 우리의 본성이 자유인데 자유를 제한하니 삶이 싫어지고 답답해지는 것이다. 하지만 사람들은 대부분 자신이 왜 이 삶을 답답해하는지 모른다. 단지 외부 상황이나 상대방 탓이라고 하며 세상이나 남들을 비난하기 바쁘다. 그런다고 외부 상황이나 상대가 바뀌지도 않으며, 어떻게 바뀌는 듯해도 결국 다시 답답함을 느낄 텐데 말이다.

그런데 스스로가 만든 그 제약들이, 즉 반드시 이래야 하고 반드시 이래서는 안 된다는 생각들이 진정으로 자신의 생각일까? 그저 누군가나 세상이 떠들어대는 얘기를 무비판적으로, 생각 없이 받아들인 건 아닐까? 우리는 참으로 많은 생각을 하지만 한편으로는 생각을 안 한다. 우리가 그렇게나 많은 생각을 하는 것은 외부에서 그냥 받아들인 생각들을 무의식적으로 그냥 되풀이하고 있는 것일 뿐이다.

스스로 생각하지 않기에 제약들이 생기는 것이다. 그리고 남들의 생각이 마구잡이로 들어오기 때문에 그 제약들은 명확한 기준이나 규칙도 없다. 그렇기에 혼란스러울 때가 많은 것이다. 만약 스스로 생각했다면 제약이 아니라 명확한 기준과 방향성을 가지고 행동했을 것이다. 그것은 제약이 아니며 성장을 위한 자기 절제이며 통제일 것이다.

자신의 명확한 방향성과 기준에 의한 절제와 통제는 자신의 삶을 스스로 만들어가게 하기 때문에 오히려 자신의 잠재력과 자유를 느끼게 해준다. 살아있다는 느낌이다. 그렇기에 진정으로 살고 싶다면 스스로 만든 온갖 제약들을 풀어야 할 것이다. 그 제약들을 풀기 위해서는 가장 선행되어야 하는 것이 나를 제약하고 있는 것이 무엇인지 살펴보고 그것이 내 인생에 도움이 되는지 안 되는지 생각해보는 것이다. 이런 작업을 할 때 무언가 무서운 일이 생길 거 같아 두려울 수도 있다. 그것은 당연하다. 변화에는 어느 정도의 두려움이 동반되기 마련이다. 누구나 그렇고 나도 그렇다.

하지만 진정으로 내 삶을 살고자 한다면, 내가 살아있음을 느끼고 싶다면 해볼 만한 가치가 있는 일이다.

신은 인간의 한계 없음을 보고
인간은 스스로 한계를 창조하며 살고 있다

신께서 말씀하시길

"사람이 하고자 한다면 무엇이든 할 수 있겠구나."

사람이 말하길

"나에게 한계가 있어 하고 싶은 게 있어도 하지 못하겠다."

사람은 신을 믿는다고 하지만 신의 말은 믿지 않는 아이러니

대부분의 사람들은 그렇게 열심히 살지 않는다

대부분의 사람들은 그렇게 열심히 살지 않는다. 자신이 열심히 산다고 하는 사람들 중에도 짧은 기간만 그렇게 했거나, 자신은 열심히 했다고 생각했지만, 막상 실제 기록을 보면 그렇지 않은 경우가 태반이다. 자신이 진짜로 열심히 했는지 안 했는지는 기록해보면 금방 알 수 있다.

대부분의 사람들은 기존의 굳어진 습관으로 인해 자신이 하던 대로 하려고 하지 그 이상을 한다거나 다르게 하려 하지 않기 때문이다. 그래서 "세 살 버릇 여든 간다"는 말이 있는 것이다.

원래 하던 대로 하기 때문에 원래 받던 대로 받는다. 그런데도 사람들은 원래 하던 대로 하려고 고집하면서도 다른 결과가 나오기를 기대한다. 자신이 원래 먹던 것과 똑같이 먹거나 아주 조금 적게 먹고, 자신이 원래 움직인 양과 똑같거나 아주 조금 더 움직여 놓고 살은 많이 빠지기를 바라는 것과 같다.

요행을 바라는 것이다. 그런데 세상에 요행이라는 게 있을까? 운이 좋다는 것도 기실 보면 이전에 자신이 했던 것이 원인이 되어 운이라는 형태로 보이는 것뿐인데 말이다.

그런데 이 사실의 좋은 점은 만약 내가 지속적으로 지금보다 더 하거나 다른 방법을 사용한다면 지금의 내 위치에서 생각보다 쉽게 올라갈 수 있다는 점이다. 그만큼 자신의 위치에 있는 사람들이 안 하기 때문이다.

그리고 자신이 정말 열심히 살고 있는지 아닌지 알고 싶다면 기록을 해보자. 만약 다이어트를 한다면 매일 무엇을 얼마나 먹었고 얼마나 운동했는지를 기록하는 것이다. 그리고 그 기록들을 보자. 그럼 원인과 결과를 확실하게 알 수 있을 것이다.

상대방이 비난하는 이유는
자신이 괴로워서다

누군가 나를 비난하거나 내 인생에 과도하게 간섭하는 것은 사실 비난하거나 간섭하는 당사자가 괴로워서 비명을 지르는 거와 같다. 그 사람은 사실 상대방이 어떻든 관심 없다. 그저 자신이 보고 싶지 않은 것을 보니 괴로워하는 것뿐이다. 그건 마치 '제발 내가 보기 싫으니 그런 모습은 더 이상 보여주지 말아줘'라고 말하는 것과 같다. 그런데 그렇게 말하면 상대방이나 주변인들이 납득하지 않을 게 뻔하니 옳고 그름의 잣대로 '그건 옳지 못한 행동이야' 또는 상대방이 걱정된다는 잣대로 '그렇게 하면 네가 잘못될 거 같아서 말하는 거야'라는 프레임을 씌운다.

진심으로 상대방을 생각했다면 그렇게 말하지도 않았을 것이며, 부드럽고 온화한 방식으로, 실질적으로 도움이 되는 방식으로 돕고 대가 또한 바라지 않았을 것이다. 그런데 비난하거나 간섭하는 상대방은 어떤가? 거친 방식으로 행동하고 만약 잘되기라도 하면 모든 게 자기 덕분이라고 생각하며, 잘 안되면 그들이 자신의 말에 귀 기울이지 않았기 때문이라고 한다. 어떻게든 자신이 옳다고 생각하는 것이다. 그렇게 생각해야 자신이 편안하기 때문이다.

그런데 내가 그들의 말에 이리저리 흔들리며 그들에게 인정받고자 한다면 그들은 일시적으로 만족할지는 모르나 나는 그럴 수 없다. 왜냐하면 그들의 조언은 일관성도 없으며 나에게 별 도움이 안 되기 때문이다. 그러니 스스로 만족할 만한 결과도 얻지 못할뿐더러 이리저리 끌려다니느라 힘들다.

자신이 평안하려면 자기 중심을 잡고 상대방의 그런 말에 귀 기울이지 말고 그저 '상대방이 힘든가 보네' 하고 흘려보내야 한다. 그럼 자기 중심은 어떻게 잡을 수 있는가? 자신에 대한 믿음에서 온다. 하지만 자칫 자신에 대한 믿음을 '내가 하면 무조건 잘된다는 생각'이라고 착각하지 말아야 한다. 이런 생각은 조금이라도 결과가 잘 안 나오기라도 하면 믿음이 바로 흔들리기 때문이다. 자신에 대한 믿음은 '어떤 결과가 나오더라도 스스로 책임지겠다'는 태도이다. 내 인생에 대해서는 내가 책임을 지겠다는 태도는 어떤 사안이든 스스로 생각하고 결정하게 만든다. 그런 과정을 반복하다 보면 결국 어느 누구의 말에도 흔들리지 않게 된다.

그런데 우리는 책임지는 것을 상당히 부담스러워하고 또한 부정적인 생각을 좋아한다. 그러니 상대방의 낚시질에 잘 걸려든다.

우리는
모두 '내로남불'한다

우리는 사실 모두 내로남불한다. 그런데 남들이 내로남불하는 모습만 보면 비난을 퍼붓는다. 하지만 그렇게 내로남불한다고 비난했던 자신이 그들과 똑같이 행동한다는 사실은 잘 모른다. 설령 그런 모습을 조금 인지하였다고 하여도 자신에게는 그럴 만한 이유가 있다고 생각한다. 물론 그렇다 당연히 그럴 만한 이유가 있을 것이다. 그런데 자신이 비난했던 그 사람은 그럴 만한 이유가 없었을까?

그리고 내로남불하는게 어떤가? 어차피 인생은 자기 것이다. 그러니 자기 자신을 잘 보고 싶은 마음이 있는 게 당연하지 않을까? 그러니 남들이 내로남불하면 그냥 당연하다 보자. 그리고 만약에 남들보다 조금 더 너그러운 사람이 되고 싶다면 "내로"만 하자 내가 로맨스를 하면 됐지 남이 불륜을 하든 로맨스를 하든 무슨 상관이 있을까?

난 이 정신 나간 세상에서 나 하나라도 행복하게 살기만 해도 큰 성공을 이루었다고 생각한다. 그러니 자기 행복만 생각하자. 이기적이라고 비난하는 사람들이 있다면 그들은 자신의 불행한 삶이 다른 사람에게 어떤 영향을 미치는지 모르고 있다. 내가 행복하게 살면 내가 누군가를 행복하게 해주려고 따로 어떤 것을 하지 않아도 내 행복이 저절로 주변에 전파된다. 그러니 아무것도 안 해도 남을 도와주게 되는 것이다.

감정을 억누르는 게 성숙한 사람? 우린 모든 걸 반대로 안다

보통 성숙한 사람이라면 마음이 온전히 평온하여 화도 안 내고 슬퍼하지도 않을 거라고 생각한다. 그래서 난 성숙한 사람(잘난 사람)이 되고자 평정심 유지라는 이유로 억지로 감정을 억누르기도 하고 그러다 참지 못하고 감정을 드러내면 스스로 미숙한 사람이라고 자책을 하기도 했다. 그리고 자신의 감정을 솔직하게 표현하는 사람들을 보며 자기 감정도 제대로 컨트롤하지 못하는 미숙한 사람이라고 생각했다.

하지만 내가 내 감정을 솔직히 표현하지 않았던 이유는 사실 내가 내 감정을 솔직히 표현했을 때 보일 상대방의 반응이 두려웠던 거다. 왜 나는 상대방 반응이 두려운가? 나는 사람들과의 관계에서 내가 원하는 반응이 나와야 좋은 관계라는 고정관념을 강하게 가지고 있기 때문이다. 그러기에 내가 원하는 반응이 나오지 않을 거 같으면 미리 내 감정을 억누르는 것이다. 억누른 감정은 어디 가지 않고 내 안에 있어 언젠간 스프링처럼 튀어오른다. 그리고 억눌린 감정은 부자연스럽고 거칠어 자기 자신뿐만 아니라 상대방도 힘들게 한다.

나는 감정을 참음 → 감정이 폭발함 → 후회 → 다시 감정을 참음 → 감정이 폭발함 → 후회 이런 식의 과정을 반복적으로 거의 몇십 년 동안 거치자 이런 의문이 생겼다.

'인간이 감정을 가지는 것은 굉장히 자연스러운 일인데 이걸 표현하지 않는 건 오히려 부자연스러운 게 아닐까? 평정심이라는 것도 자신의 감정을 자연스럽게 표현하는 가운데 얻을 수 있는 게 아닐까? 자꾸 내 감정을 억누르니 폭발하잖아.'

오히려 성숙한 사람들이 자신의 감정을 잘 받아들이고 잘 표현한다. 그러기에 열린 사회일수록 더 잘 웃고 잘 운다. 미숙한 사람일수록 자신의 감정을 어떻게 다뤄야 할지 몰라 일단 덮어놓고 외면하기 바쁘다. 우리는 거꾸로 알고 있다. 미숙한 사회의 대표적인 모습이다. 자신의 감정을 표현해도 남들이 안 받아들이면 어떡하냐고? 그건 그 사람 몫이지 내 몫이 아니다. 그 사람이 그걸 싫어하든 좋아하든 알아서 하게 놔두고 오직 내 감정만 신경 쓰자.

내 감정만 신경 쓰는건 너무 이기적인 게 아니냐고? 자연스럽게 나오는 감정이 항상 제대로 표현이 된다면 나나 상대방에게 상처를 주지 않는다. 왜냐하면 그때 나오는 감정에 대하여 서로 이해가 되기 때문이다. 하지만 감정을 억누르면 나중에 폭발하여 나나 남에게 마음에 상처를 줄 수 있다. 왜냐하면 나나 상대방이 봐도 과하기 때문이다.

우리가 불안한 이유는
자신의 의지대로 살아본 경험이 지극히 적어서다

우리가 삶에서 자주 불안을 느끼는 이유는 우리가 우리 자신을 믿지 못해서다. 우리 자신을 믿지 못하는 이유는 자신의 의지대로 살아본 경험이 지극히 적기 때문이다. 왜 그런 경험이 적은가? 어린 시절은 우리가 스스로 부딪혀보고 경험하는 과정을 통해 독립적인 삶을 살 수 있는 힘을 기르기 위한 시기이다. 그렇기에 어렸을 때 다양한 시도를 해볼 수 있는 기회를 갖고 경험한 사람들은 자신의 의지대로 산다.

하지만 우리 사회는 반대로 어린 시절에 이런 기회를 박탈하고 무조건 부모나 학교의 규칙에 따르도록 강요하며 대학에 들어가면 원하는 대로 하라든가 취직하면 원하는 대로 하라든가 말하지만, 그런 경험이 거의 없던 사람이 자유로워지기만 하면 무엇을 해야 할지 몰라 방황하기 일쑤이다. 자신의 의지대로 사는 것은 연습이 필요하다. 그런 연습 과정을 생략한 채 무조건 자유만 주어진다고 짜잔 하고 바로 의지대로 살 수 있는 게 아니다.

우리 부모들은 자기 자식들이 스스로의 의지대로 사는 것을 싫어한다. 부모들의 의지대로 자식들이 살기를 바라며 자식들이 성인이 됐음에도 자주 자신의 의지를 자식에게 강요하는 모습들이 보인다. 그래봐야 서로 싸움만 나고 결과도 좋지 않은데도 자식이 자신의 말을 따를 것에 집착한다. 왜냐하면 부모들도 스스로를 믿지 못하기 때문이다. 강요하는 자는 스스로가 불안하기에 상대방을 통하여 안정감을 느끼고자 한다. 상대방이 자신의 말을 듣는 것을 보며 자기가 옳았음을 증명받고자 한다. 왜냐하면 스스로의 삶을 통하여 증명하기 힘들기 때문이다. 그리고 부모들인 스스로를 불안해하는 이유는 그들의 부모들 또한 그랬기 때문이다. 이러한 습관은 대물림된다.

새는 자식들을 다 키우면 둥지에서 쫓아내 혼자 알아서 살도록 한다. 그게 자식을 위한 길임을 본능적으로 알며 새는 불안해하지 않기 때문이다. 그런데 인간들, 특히 우리나라 부모들은 새보다 못한 행동을 하고 있다. 자식들이 스스로 이 세상을 잘 살도록 도와주어야 하는데 오히려 방해하고 있는 꼴이다. 경제적으로 도움을 주는 것이 그들을 도와주는 것이라고 생각하지만, 사실 그들이 부모에게 의지하게 만드는 것일 뿐이다. 이러한 현상은 현재 사회 의식 수준이 낮아서 그런 거니 어쩔 수 없다. 그저 스스로 지금과 같은 관습을 따를지 아니면 이제부터라도 스스로의 의지로 살아갈지 선택해야 한다.

만약 스스로의 의지로 살기로 결정했다면, 작은 것 아주 사소한 것이라도 내 의지대로 하는 연습을 하여 내 의지대로 사는 경험을 늘려가는 게 도움이 된다. 아침에 10분이라도 더 일찍 일어난다든지 1주일에 2~3일은 운동을 해본다든지 말이다. 이런 사소한 경험들이 쌓이면 나중에는 더 어려운 일도 해낼 수 있게 된다. 어쨌든 우리 자신 안에는 자신의 의지대로 살고자 하는 소망과 그렇게 살 수 있는 힘이 있기 때문이다.

우리는 정말 서로 미친 듯이 싸운다

한 국가에 일어나는 일들은 그 나라 국가의식에 의해 결정된다. 국가의식은 그 나라 국민들 개개인들의 의식이 모여서 생성된 것이다. 만약 한 국가의 많은 사람들이 오랫동안 특정한 생각을 했다면 그 생각들의 엄청난 에너지가 모이게 되고 결국 그 생각은 현실이 되고야 만다.

1993년 6월, 폭력 범죄가 많이 발생하던 워싱턴 DC에 세계 60여 국에서 명상가 약 800명이 모여들었다. 이들은 6월 7일부터 7월 30일까지 매일 두 차례 모여서 집단 명상을 했다. 하루 이틀이 지나면서 일반인 참가자가 점점 늘어났다. 8주 후부터는 명상 집회 참여자가 4,000명으로 늘었다. 당시 조사 연구 결과에 따르면 워싱턴 DC의 범죄율이 이 기간 25%가 감소한 것으로 나타났다고 한다. 집단의식이 사회 전반에 영향을 미친다는 것을 증명한 실험인 것이다.

우리는 현재 인류에게 벌어지는 전쟁, 사건, 사고 심지어 자연재해도 막을 수 있다. 각 개개인들이 상대에 대한 적대감이나 두려움을 내려놓고 평화로운 상태에 머문다면 우리는 당장 내일이라도 지구상에 존재하는 모든 다툼을 멈출 수 있다. 그런데 어쩐 일인지 우리는 계속 싸운다. 가족 간에도, 친구 간에도, 직장에서도 국가 간에도. 이유를 들여다보면 사실 별일 아닌데도 싸운다. 마치 싸우기 위해서 태어난 사람들 같다.

미국 역사학자 윌리암 듀란트는 "역사에 기록된 3,421년 중 전쟁이 없었던 해는 268년에 불과했다"고 말한다.

우리는 왜 이렇게 미친 듯이 싸우는 걸까?

내 생각에 그 이유는 우리가 항상 뭔가가 부족하다는 생각에 사로잡혀 있어서 그런 것 같다. 돈이 부족하다, 시간이 부족하다, 자원이 부족하다 사랑이 부족하다 등등 그러니 혹시 부족한 내 것마저 뺏길까 봐 두려워하고 자기 것을 지키기 위해 날이 서 있거나 자신이 부족하니 남의 것을 뺏어서라도 채우고자 하니 싸울 수밖에 없는 것이다.

그런데 우리는 정말 부족한가? 그리고 부족하다는 생각은 도대체 어디서 온 것일까? 우리는 예전에 비하여 훨씬 풍족하게 살고 있다. 하지만 우리는 여전히 결핍을 느끼고 있다. 왜 그럴까? 나는 결핍의 근본 원인을 우리가 신에게서 분리되어 있다는 생각에서 온 것이라고 생각한다. 심지어 우리는 신에게서 버림받았으며, 게다가 벌을 받고 있다고 생각하고 있다. 생각은 현실을 창조하니 그런 결핍된 생각들이 결핍된 현실을 창조하고 있는 것이다.

이 결핍을 끝내야 우리는 마침내 평화에 이를 것으로 보인다.

그렇다면 어떻게 해야 결핍을 끝낼 수 있을까? 우리의 결핍이 신과 분리되었다는 생각에서 나왔으니 결핍을 끝내려면 우리가 신과 하나라는 생각으로 돌아가야 한다. 신은 모든 것이기에 신과 하나인 우리가 부족이 있을 턱이 없기 때문이다. 그럼 어떻게 내가 신과 하나임을 알 수 있을까? 우리 수준으로는 아직 알 수 없다. 나도 머릿속으로는 그럴 거라고 생각하지만, 온몸으로 그렇게 느끼면서 살고 있지 않다. 이 개념을 완전히 체화하지는 않은 것이다. 그러기에 나도 아직도 결핍을 느끼며 살고 있다. 그렇다고 계속 이렇게 결핍을 느끼며 살고 싶지는 않기 때문에 나는 스스로에게 이렇게 자주 얘기한다.

"신이 나를 항상 보호하고 계시기에 나는 항상 안전하다."

이 말은 당장 내가 신과 하나임을 인식시켜주는 것은 아니지만, 신은 언제나 나와 함께 있으며 나를 항상 보호하고 있음을 알게 해준다. 내 목적은 내 결핍을 끝내는 것이기에 이렇게만 스스로 얘기해도 결핍의 느낌에서 어느 정도 벗어나게 해준다. 이 방법은 신과 자신이 하나라는 개념이 부담스러운 사람들에게 추천한다.

우린 원래
차별 대우한다

우리는 원래 차별 대우를 한다. 그것도 아주 당연한 듯이. 예를 들어보자. 누군가 나에게 빵 1개를 주면서 배고파하는 사람에게 주라고 했다고 하자. 그리고 내 앞에 배고파하는 내 가족과 생판 모르는 남이 있다. 나는 누구에게 빵을 줄까? 거의 대부분의 사람들이 자신의 가족에게 빵을 줄 것이다. 그리고 그것을 아주 당연하다고 생각할 것이다.

하지만 가족이 아닌 다른 사람들 입장에서는 어떨까? 그 빵은 원래 내 빵도 아니고 배고픈 사람 누구에게나 줄 수 있는 빵이었다. 공평하게 하려면 빵 1조각이라도 나누든가, 그럴 양이 안 되면 서로 의견을 나누어 빵을 나눌 방법을 찾는 게 공평하다고 생각할 것이다. 그렇지 않다면 차별 대우를 받았다고 생각할 것이다.

우리는 이런 식으로 차별 대우를 무의식적이고 일상적으로 한다. 자신의 이익과 자신과의 친밀도 심지어 자신의 기분에 따라 상대방에게 차별 대우한다. 자신에게 이익을 줄 거 같은 사람에겐 친절하게 대하고 잘 보이려고 한다. 하지만 그렇지 않은 사람에겐 굳이 잘 보이려고 애쓰지 않는다. 또 자신에게 잘해주는 사람에게는 자신도 잘하려고 하지만, 그렇지 않은 사람에게는 어떤가? 그냥 자신의 기분에 따라 잘해주기도 하고 못 해주기도 한다.

그런데 우리는 자신이 그런 행동을 할 때는 차별 대우한다고 생각하지 않고 당연하다고 생각한다. 하지만 남이 그렇게 행동하면 차별 대우 받았다고 생각하고 기분 나빠한다. 예를 들자. 내가 카페에서 아르바이트를 하는데, 그날따라 기분이 별로였다. 그래서 손님들에게 뚱하게 대했는데 나에게 선물도 주고 잘해주는 손님이 왔다면 어떻게 할까? 뚱했던 기분이 어디로 갔는지 사라지고 금방 기분이 좋아져 그 손님에게 친절하게 대한다. 내 입장에서는 그 손님이 나에게 잘해줬으니 당연한 일일 것이다. 그런데 나의 불친절을 경험한 다른 손님들도 그렇게 생각할까? 아마 돈 내고 커피 마시는 같은 손님인데 자신에게만 불친절하게 대했다고 화가 날 것이다. 만약 입장을 바꿔 자신이 손님 입장이 되어 그런 일을 겪으면 어떨까? 아마 똑같이 기분 나빠했을 것이다.

나는 여기서 차별 대우하지 말라고 말하려는 게 아니다. 오히려 우리는 원래 차별 대우하니 일단 그 사실을 받아들이고, 그러고 나서 차별 대우에 대하여 항의를 할지 아니면 그냥 넘어갈지 결정을 하자는 것이다. 차별 대우가 무조건 나쁘다는 생각은 사소한 차별 대우라도 저항하게 만들고, 스스로가 피곤해지고 힘들어진다. 오히려 받아들이면 상황이 더 명확하게 보여 대응하기가 훨씬 수월해지기 때문이다.

사람들이 돈을 좇는 이유는 사람에게 실망해서다

사람들이 돈을 좇는 것에 대하여 비난하지 말자. 그들이 돈을 좇는 것은 그들이 속물이기 때문도 아니고 그들이 이기적이기 때문도 아니다. 그저 그들은 사람에게 실망했기 때문이다. 사람들에게서 기대했던 따뜻함이나 사랑을 느낄 수가 없어 사람 대신 돈을 선택한 것뿐이다. 그리고 우리 사회가 마치 돈이면 뭐든지 다 되는 것처럼 말하고 있다. 물론 돈이 있으면 많은 것을 할 수 있기는 하다. 하지만 꼭 돈이 있어야만 할 수 있는 것도 아니다.

사람에 대한 실망감과 돈이 주는 환상이 더해져 점점 더 사람들은 돈을 좇고 있고, 심하게는 숭배하기까지 한다. 만약에 사람들이 서로 아끼고 사랑하며 조금만 더 따뜻한 모습들을 보였더라면 이렇게까지 사람들이 돈을 좇지는 않았을 것이다. 그렇다면 우리는 왜 이렇게 서로에게 실망할 정도로 차가워졌을까? 그건 우리가 서로를 경쟁상대로 보고 있기 때문이 아닐까? 어렸을 때부터 학교에서 성적으로 등수를 매기고 옆에 있는 반 친구를 이기도록 훈련시켰다. 사회에 나가서도 무한경쟁이라는 말이 나올 정도로 서로 경쟁하도록 부추긴다.

경쟁에서 지면 회사에서는 진급이 안 되고 장사에서는 폐업하게 되며, 또한 스스로가 패배자라고 느끼며 자신감과 자존감이 떨어지는데 사람들은 이 느낌을 싫어한다. 그러니 어떻게 해서든 이겨야 하는 이 상황에서 내 경쟁 상대에게 따뜻함을 보일 이유가 있을까?

"사회 구조 자체가 서로를 경쟁상대로 보게 만든다."

그런데 돈이 많으면 어떨까? 굳이 힘든 경쟁을 할 필요가 없다. 그냥 즐기면서 편하게 살 수 있을 거 같다. 이 지긋지긋한 경쟁 사회에서 빠져나와 여유롭고 평화로운 생활을 할 수 있을 거 같고 매일 행복할 거 같다. 이렇게 돈이 주는 환상은 워낙 강력해서 쉽게 빠져나오기 힘들다. 그리고 돈이 내가 사용하는 도구가 아니라 내 인생의 주인이 되는 게 이러한 환상에 빠져 있을 때이다. 그리고 우리 사회는 이러한 환상에 흠뻑 빠져 있다. 하지만 돈은 만능이 아니다. 우리가 사는 데 도움이 되지만 그렇다고 우리의 삶을 책임져주지도 않는다. 그건 돈의 역할이 아니다.

그럼 어떻게 해야 할까? 진정으로 행복한 자신의 삶을 살고 싶다면 타인에 대한 기대도 돈에 대한 의지도 내려놓고 오로지 자신을 믿으며 가야 하지 않을까? 그것 이외에는 떠오르는 게 없다.

우리는
부정성에 중독되어 있다

우리의 생각을 관찰하면 수많은 두려움이 일어나고 있음을 알 수 있다. 그리고 그 두려움들이 나를 지속적으로 흔들고 있다.

"누구누구가 날 싫어하나?"

"직장을 잃으면 어떡하지?"

"몸이 아픈 거 아냐?"

"지금 잘하고 있는 거 맞나?"

그런 와중에 상대방이 무언가 부정적인 말을 하면 우리는 쉽게 불안해하고 걱정하기 시작한다. 가만히 놔둬도 불안해하는데 누군가가 또 그런 말을 덧붙이니 불안이 증폭되어 멘탈이 흔들리기 시작한다. 그 사람이 뭘 안다고 그 사람 말에 그렇게 예민하게 반응하나 싶겠지만, 한 발로 아슬아슬하게 서 있는 상황에서 누군가 아주 살짝만 민다고 생각해보자. 상대방은 아주 적은 힘만 썼지만 나는 아주 쉽게 넘어지고 만다.

우리 일상에서의 감정, 정신 상태가 이러하다. 외부는 온갖 불안과 걱정거리들로 넘쳐난다. 뉴스는 시청률과 조회수를 늘리기 위해 자극적인 온갖 범죄와 사고들을 실어 나르고 있고 광고들은 어떻게든 하나라도 더 팔기 위해 두려움을 활용한 마케팅을 펼치고 있다. 광고대로 하지 않으면 뭐 하나 먹기도, 뭐 하나 운동하기도, 뭐 하나 공부하기도, 뭐하나 입기도 겁이 난다. 그런데 요즘 교묘하게 정보인 척하면서 광고인 글이나 영상이 많아 이게 정보인지 광고인지 구분하기도 어렵다.

우리의 내면은 어떤가? 온갖 두려운 생각들이 시도 때도 없이 무의식에서 떠올라 나를 자꾸 움츠리게 하려 하는 데다가 내가 그것들을 신경 쓰지 않으면 상관이 없지만, 스스로도 그런 두려운 생각들에 관심을 두고 거기에 끌려간다. 우리가 부정적인 뉴스나 이야기에 관심을 갖는 것도, 우리가 부정적인 생각에 끌리는 것도 결국 우리 스스로가 긍정적인 것보다 부정적인 것을 더 좋아하기 때문이다. 우리가 긍정적인 것에 더 많은 관심이 있었다면 뉴스에는 긍정적이고 희망찬 이야기가 많았을 것이고 광고도 두려움을 통한 마케팅이 먹히지 않았을 것이며 무의식에서 더 이상 두려운 생각이 떠오르지 않았을 것이다. 그러면서도 어쩔 때는 누군가 너무 부정적이면 그것 또한 싫어한다.

"우리는 왜 부정적인 것을 싫어하면서도 좋아할까?"

우리의 본능은 긍정적인 것에 끌리지만, 우리는 어렸을 때부터 워낙 많은 부정성을 듣고 자라다 보니 마치 마약에 중독되듯 부정성에 중독되어버린 것이다. 그러니 본능은 긍정적인 즉 사랑으로 향하지만, 부정성에 중독된 우리의 의식은 두려움으로 향하니 서로 충돌하고 있다. 그래서 우리가 어쩔 때는 긍정적이었다가 어쩔 때는 부정적이 되어 일관성 없이 왔다 갔다 한다.

"그리고 아직 우리 사회나 개인의 의식은 부정적인 것이 훨씬 우세한 상황이다."

그럼 이 상황에서 우리는 어떻게 살아야 할까? 안팎으로 몰아치는 두려움과 싸워가며 긍정적인 사랑을 쟁취해야 할까? 아니다 그렇게 하면 내 경험상 필패다. 우리가 가지는 두려움은 개인에게서만 국한된 것이 아니다 집단의식인 내 가족, 내가 속한 조직, 국가, 지구상의 모든 인류에게서 형성된 것이니 그 힘은 어마어마하다. 내가 예수 그리스도나, 부처님 정도여야 이겨낼 수 있을까 싶은 정도다.

그러니 두려움과 싸우지 말자. 그저 지금 사회가 그런 사회임을 알고 있는 그대로 인정하자. 내가 두려운 생각이 든다거나 누군가가 그런 말을 한다면 '지금 이 세상이 그런 사회니까 그럴 수 있어'라고 생각하며 인정하자. 그러면 우리는 있는 그대로 볼 수 있게 된다. 있는 그대로 본다는 것은 두려움의 실체를 볼 수 있고, 결국 두려움은 허상이라는 것을 알게 해준다. 두려움에 저항하는 것은 두려움을 보지 않고 무작정 밀어내는 행위이며 밀어내는 행위는 힘이 든다. 그런데 밀어내면 밀어낼수록 더 큰 두려움으로 다시 올 것이며 나중에는 힘이 달려 밀어낼 수 없으니, 마치 둑에 막아놨던 구멍이 터지면서 한꺼번에 물에 휩쓸리듯 두려움에 휩쓸릴 수 있다.

그러니 두려움을 너무 두려워하지 말자. 인간이니 두려워하고 움츠러들 수 있는 거 아닌가? 특히 우리처럼 낮은 수준에서는 더욱 그렇다. 두려우면 그 두려움을 그대로 받아들이고 움츠러들고 불안해하고 걱정하기도 하고 그렇게 자연스럽게 느끼고 받아들이면 그 두려움은 우리에게서 오래 머물지 않고 사라진다. 그리고 이거 하나만 하자. 두려운 생각이 들면 인정하고 받아들이되 그 생각이 지나가면 "괜찮아", "잘되고 있어"라고 말하거나 생각하자. 이 말들이 별거 아닌 거 같지만 내 마음에 안정감을 줄 뿐만 아니라, 정말 잘되고 있는 거 같은 기분이 들게 해주면 두려움을 딛고 다시 나아가는데 도움을 준다.

우리가 현재 부정성에 중독되어 있는 건 어쩔 수 없었던 거 아닌가. 그런 환경에서 그런 사람들만 만났으니 어찌 보면 당연하다. 마약 중독이든 알콜 중독이든 내가 중독되었다는 사실을 알아야 치료할 수 있듯이 우리가 부정성에 중독되어 있다는 사실을 알아야 중독에서 벗어날 수 있다. 내가 이 책을 쓰는 이유도 마찬가지다. 우리의 수준이 낮다는 것을 알아야 우리의 수준을 높일 수 있는 것이다.

"그러니 우리의 현실을 직시하자."

자신의 고정관념이
자신을 상처 입힌다

우리가 누군가에게 상처를 입었다는 말은 사실상 자신의 고정관념이 깨졌다는 의미와 같다. 우리는 크게 두 가지 고정관념을 가진다. 첫 번째는 자신에 대한 고정관념이고 두 번째는 상대에 대한 고정관념이다. 먼저 우리는 우리 자신에 대하여 고정관념을 가지고 있다.

"나는 멋져야 한다(멋져야 옳아, 멋지지 않은 건 옳지 않아)."

"나는 잘생겨야 한다(잘생겨야 옳아, 못생긴 건 옳지 않아)."

"나는 유능해야 한다(유능해야 옳아, 무능한 건 옳지 않아)."

이런 고정관념은 이것이 옳다고 저것이 그르다는 생각과 밀접한 관계를 갖는다. 나는 유능해야 옳지만 내가 무능한 것은 그르다. 나는 잘생겨야 옳지만 내가 못생긴 것은 그르다. 내가 유능한 것은 옳지만 내가 무능한 것은 그르다.

그런데 만약 내가 유능하다는 게 옳다고 믿는데 직장 상사에게 깨졌다고 해보자. 자신이 생각했을 때 내가 유능해야 옳은데 내가 무능한 사람이 되니 그 의미는 나는 그른 사람이 되는 것이다. 그러니 얼마나 괴로운가? 우리에게는 기본적으로 자신을 사랑하는 본능이 있는데 사랑하는 자신이 그르다니 아마 참을 수 없을 만큼 화가 나고 괴로울 것이다. 직장 상사는 단지 해당 업무에 대해서만 이야기하고 있지만, 자신은 온통 자기 자신이 무능하다는 생각에 빠지게 되는 것이다.

하지만 한 사람에게는 굉장히 다양한 면이 있다. 어떨 때는 멋지기도 하지만 어떨 때는 찌질하기도 하다. 어떨 때는 유능하기도 하지만 어떨 때는 무능하기도 하다. 그런데 우리가 자신의 고정관념에 사로잡혀 있으면 한쪽 면만 고집하게 되고 다른 면은 무시하려고 한다. 한쪽 면만이 옳다고 생각하기 때문이다. 그렇게 함으로써 우린 인생에서 고통을 경험하게 된다. 다른 쪽이 보일 때마다 인정하고 싶지 않기에 거부하고 싸우느라 괴로운 것이다.

남을 대할 때도 자신과 똑같은 고정관념이 작동한다.

"저 사람은 소심해(대범해야 옳아, 소심한 건 옳지 않아)."

"저 사람은 감정 기복이 심해(감정 기복이 없는 게 옳아, 감정 기복이 심한 건 옳지 않아)."

"저 사람은 착해(착한 사람이 옳아, 착하지 않으면 옳지 않아)."

그렇게 고정관념을 정해놓고 그 틀 안에서만 보려고 하고, 또한 틀 안에서도 옳고 그름을 판단하고 있다. 그런데 그 틀을 벗어나는 행동을 그 사람이 보이려고 하면 어떻게든 그 틀 안에 다시 넣고 싶어 한다. 왜냐하면 그 사람이 틀 밖에서 행동하는 것은 즉 자신의 생각이 틀렸다는 의미이고, 자신의 생각은 틀리면 안 된다고 생각하기 때문이다. 즉 자기 생각은 무조건 옳다고 믿는다(그러나 자신의 생각이 모두 옳다면 왜 아직 그 위치에 있는지 자문하진 않는다).

그 사람을 있는 그대로 인정하지 않고 자신의 틀 안에 넣으려고 하고, 또한 상대방을 옳고 그름으로 판단하고 있으니 상대방과 마찰과 다툼이 생기는 게 어찌 보면 당연하다. 그렇게 자신이 멋대로 상대방에 대하여 이미지를 씌우고 판단해놓고 상대방이 자신의 생각과 다르게 행동하면 상대방 때문에 마음의 상처를 받았다며 화를 낸다. 하지만 상대방은 원래 자기 생긴 대로 행동하고 있는 것뿐이며, 자신의 생각이 깨진 것을 상처라고 자의적으로 해석한 것뿐이다.

우린 자신의 고정관념에 집착한다. 자신의 생각이 곧 자기라고 믿기 때문이다. 그래서 자신의 생각과 다른 것은 그다지 인정하고 싶어 하지 않는다. 그게 곧 자신이 틀렸다는 반증이라고 느끼기 때문이다. 그래서 자신의 생각을 지키려고 하면 그로 인해 우리는 사소한 문제로 싸우게 된다(사람들 싸우는 모습을 보면 대부분이 큰 문제보단 사소한 문제로 싸운다).

우리의 몸이 내가 아니듯 우리의 생각은 내가 아니다. 그리고 내 생각이라고 믿는 것들을 자세히 들여다보면 온전히 내 생각도 아니다. 대부분 자신의 부모나 권위자, 친구들 등 다른 사람들의 생각을 무비판적으로 받아들인 것뿐이다. 결국 자신의 생각도 아닌 것들을 자신의 생각인 것처럼 착각하고, 그리고 그 생각들을 자신인 것처럼 확대해석하여 신줏단지 모시듯 그 생각들을 지키고자 싸우고 있는 것이다.

우리들은 정말 스스로 생각하지 않는다. 만약 스스로 생각했다면 그렇게 별것 아닌 일에 날을 세우고 싸우지 않았을 것이며, 자신의 모습이 한쪽에만 고정되어 있지 않고 다양한 모습들을 보여주고 있으며, 그 다양한 모습 중에 옳고 그름은 없다는 것을 쉽게 알 수 있었을 것이다. 자신의 다양한 모습을 있는 그대로 인정하고 상대방의 다양한 모습을 있는 그대로 인정할 때 그때 비로소 내 안팎으로 평화가 찾아온다. 그런데 말이 쉽지, 나도 고정관념에서 벗어나려고 노력하고 있고 전보다는 많이 벗어났다 해도 아직 완전히 벗어나진 못하고 있다. 고정관념이 내 무의식에 뿌리박혀 있어 고정관념과 반하는 말이나 행동을 하면 몸에서 먼저 반응(얼굴에 열이 오르고, 목이 뻐근해지는 등)하기 때문이다. 예를 들어 "나는 유능해야 옳다"라는 생각을 가지고 있는데 만약에 어떤 일에서 유능하지 못한 모습을 보였을 때 당황하고 심장이 뛰며 그 상황을 인정하고 싶어 하지 않는다.

하지만 몸이 그렇게 반응하기에 내가 나 자신이 고정관념이 있다는 것을 알아차릴 수 있게 해주는 이점이 있다. 자신이 고정관념에 빠져 있다는 것을 알아차리기만 해도 반은 고정관념에서 벗어난 것이라 생각한다. 그렇게 계속 자신의 고정관념을 알아채고, 스스로 그 고정관념에 대하여 자문할 때 우리는 고정관념에서 벗어날 수 있다. 고정관념에서 벗어난다면 전보다 훨씬 자유롭게 살 수 있을 거라 믿는다.

자신이 한 일은 자신에게 반드시 돌아오지만, 우리는 마치 자신에게 이익이 되는 것은 반드시 올 것이고 그렇지 않은 건 절대로 안 올 것처럼 산다

우리는 우리가 한 만큼 받으면서 살고 있다. 그것은 우주의 법칙으로 예외는 없다. 내가 한 것을 이번 생에 바로 받을 수도 있고 다음 생에 받을 수도 있기에 우리가 잘 보지 못할 뿐이다.

나 같은 경우 예전에 누군가 새로운 도전을 하고 무언가 내가 하고 싶으나 이런저런 핑계로 안 했던 것을 남이 하면 바로 부정적인 반응을 보였다. 예를 들어 회사 후배가 마라톤을 한다고 하면 무릎에 안 좋으니 하지 말라는 듯이 말하거나 친구가 부동산에 투자해서 자산을 늘릴 때 부동산에 대해서 잘 알지도 못하면서 거품이니 부동산에 투자하면 안 된다고 하는 식으로 걱정을 가장한 부정적인 말로 그들이 하지 못하도록 막으려 했다. 그러면서 스스로에게는 상대방을 걱정해서 그런 말을 했다고 생각했다. 사실 내가 하지 못하는 것을 남들이 하니 질투심으로 배가 아팠던 것이다.

그리고 내가 2021년에 다이어트를 하고, 술을 끊고 2022년에 마라톤에 도전할 때 상대방들이 나에게 내가 했던 것과 똑같이 반응했다. 다이어트할 때는 '그렇게 하다가 쓰러지는 거 아냐?'라든가, 술을 끊을 땐 '적당히 마시는 건 몸에 오히려 좋아'라든가 마라톤에 도전할 땐 '그러다가 무릎 나가'라든가 수많은 부정적인 반응들을 받았다. 나는 속으로 '도와주지 않을 거면 가만히라도 있든가'라고 생각하며 화가 났지만 정신 차리고 보니 내가 이제까지 무언가를 도전하는 사람들에게 했던 반응하고 똑같은 반응을 내가 받은 것뿐이었다.

그런데 우리가 남들을 비난할 때든 뭐든 내가 받으면 싫을 어떤 행동을 남에게 할 때 내가 그대로 돌려받을 거란 생각은 잘 하지는 않는다. 오히려 내가 그들을 도와주고 있다고 생각할 뿐이다. 물론 그것이 그 사람에게 도움이 될 수도 있고 안 될 수도 있다. 하지만 도움이 되건 안되건 상관없이 나에게 돌아온다. 그리고 재미있는 건 자신이 좋은 일을 했다고 생각하면 그 일이 자신에게 반드시 돌아올 거라고 생각한다는 점이다. 웃기지 않나? 자신이 했던 좋은 일이 자신에게 돌아온다고 생각한다면 그 반대에 해당하는 것도 당연히 자신에게 돌아온다고 생각해야 하지 않나.

우리는 그저 자기 좋을 대로 생각하고 있는 것뿐이다. 물론 자신의 가슴 깊숙한 곳에서는 이 사실을 알고 내가 받고 싶지 않은 것을 남에게 하려 할 때 주춤하게 만들었을 수도 있다. 하지만 우리는 그것을 알아들을 때도 있고 못 알아들을 때도 있어서 왔다 갔다 한다. 나 같은 경우도 특히 감정적으로 흥분할 때는 내면의 소리를 잘 못 듣는다.

그럼 어떻게 해야 할까? 우리 수준에 따로 어떻게 할 건 없다고 생각한다. 그냥 이제라도 이 법칙을 알았으니 나에게 어떤 일이 발생하면 '아, 내가 이런 일을 했었구나'라고 알아차리기만 해도 되지 않을까? 그렇게만 해도 화가 많이 줄어들기 때문이다.

우리는 가지려고만 하지
그것을 감당할 준비가 되었는지는 생각하지 않는다

이 우주는 자신이 준비되어 있지 않다면 자신이 원하는 것을 웬만해선 주지 않는다. 하도 그 사람이 간절히 원해서 주는 경우도 있으나, 그 사람이 준비가 안 된 경우 그것을 유지할 능력이 없어 금방 잃고 만다. 거액의 로또 당첨자가 짧은 기간 내에 당첨금을 모두 탕진하고 파산하는 경우가 이런 이유에서다. 그들은 로또 때문에 파산한 게 아니다. 거액을 유지할 능력이 없기 때문에 파산한 것이다.

그러니 만약 부자가 되고 싶다면 부자로서의 능력, 즉 돈을 대하는 자세부터 바꿔야 한다. 만약 돈에 전전긍긍하며 돈의 노예로 살고 있다면 사실상 부자가 되기는 어렵다. 왜 그런가? 돈은 그저 하나의 도구이기에. 도구는 자신을 사용할 주인을 찾아가는 거지, 자신의 노예를 찾는 게 아니기 때문이다. 그래서 준비가 안 된 사람에게 돈이 가면 돈은 금세 그 사람이 주인 자격이 없음을 알고 바로 떠날 준비를 한다. 돈을 그저 도구로 생각하고 그것을 도구로써 활용할 수 있는 사람만이 지속적인 부의 상태를 유지할 수 있는 것이다.

나는 최근에 작가라는 직업에 매력을 느끼고 있다. 내가 글 쓰는 것을 좋아하기도 하고 또한 작가는 자신이 원하는 시간, 장소에서 일을 할 수 있기 때문이다. 강릉 커피 거리에 있는 분위기 좋은 카페에 앉아 바닷바람과 함께 일하는 상상만으로도 짜릿하다.

그런데 내가 작가가 되기 위해서 나는 어떤 준비가 되어 있어야 할까? 당연히 글을 잘 써야 한다고 생각할 수 있다. 맞다. 그런데 그것보다 우선 되어야 하는 게 있다. 과연 나는 꾸준히 글을 쓸 수 있을까? 그게 안 된다면 작가가 되는 기회는 오지 않으며 온다고 하더라도 금세 나를 떠날 것이다. 글 쓰는 능력(뭐든 그렇지만)은 꾸준히 하면 늘기 마련이기 때문이다.

우리는 무언가를 가지려고만 한다. 그것을 가질 준비가 됐는지는 생각하지 않으며 준비는 더더욱 하지 않는다. 그러면서 세상이 나를 외면했다며 세상을 탓하거나 포기하고 산다. 그렇게 사는 것도 나쁘거나 잘못된 삶은 아니지만, 자신이 진정으로 갖고 싶은 게 있다면 내가 그것을 가졌을 때 그것을 감당할 수 있으려면 무엇을 준비해야 하는지 진지하게 고민을 해보는 게 도움이 된다고 생각한다.

"우리가 준비되면 기회는 온다."

2부

수준 낮은 우리가 행복할 수 있는 방법

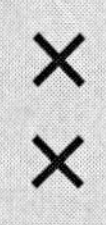

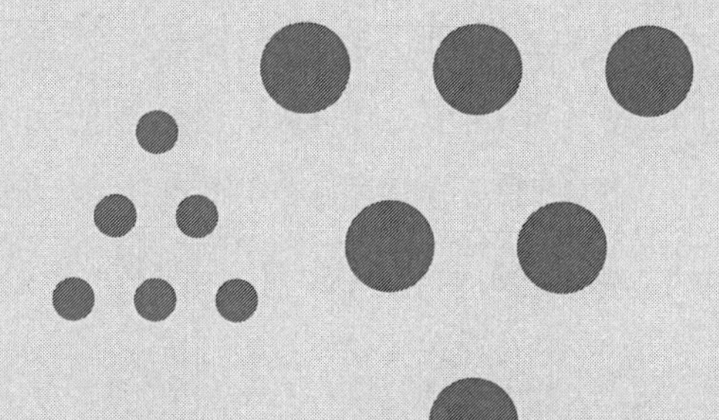

우리의 수준이 낮든 높든 상관없이 우리는 행복할 수 있다. 그건 수준이 문제가 아니라 행복에 대해 자신의 수준에 맞게 어떻게 접근하는지에 따라 다르다고 생각한다. 영성 수준이 높은 사람들에게는 그들에게 맞는 행복을 느끼는 방법이 있을 것이다. 추측건대 그들은 남들을 돕고 사랑하는 것이 그들의 행복일 수 있다. 수준이 낮은 사람들은 맛있는 거를 먹거나 여행을 다니거나 신상품을 사는 등에서 행복을 느낄 수 있다. 어떤 방법이 더 낫거나 모자르거나 하지 않다. 그저 자신에게 맞는 방법을 찾아서 하면 될 뿐이다. 그래서 나는 나와 비슷한 수준의 사람들에게 맞는, 그리고 어떻게 하면 지금보다 더 행복하게 살 수 있는지에 대하여서 이번 장에서 말하려 한다.

상대방의 생각과 감정은 상대방의 것 나와는 아무 상관 없고

우리는 상대방의 생각과 감정에서 나와 분리하는 연습이 필요하다. 왜냐하면 상대방의 생각과 감정은 나와는 아무 상관이 없기 때문이다. 그들이 나를 좋게 생각하든 안 좋게 생각하든, 나에게 웃든 화를 내든 나의 생존과 행복과는 아마 상관이 없다. 오히려 그들의 생각에 말려 들어가게 되어 불행을 자초하는 길이다. 왜냐하면 그들의 생각과 감정은 일관성없이 이리저리 튀는 불꽃처럼 왔다 갔다 하기 때문이다. 그런 그들의 생각과 감정에 엮이면 나도 롤러코스터 타듯이 생각과 감정의 기복을 겪게 되기 때문이다.

그런데 우리는 왜 상대방의 생각과 감정에 반응하는 것일까? 그 이유는 그들에게 사랑받고 싶고 인정받고 싶기 때문이다. 우리는 남들에게 사랑받고 싶고 인정받고 싶은 욕구가 있다. 우리 자신을 충분히 사랑하지 않으니 남에게서 그 사랑을 채우려고 하는 것이다. 하지만 상대방은 우리에게 사랑이나 인정을 주는 것에는 관심이 없으며 우리와 똑같이 사랑받고 인정받고자 한다. 그리고 그들에게 인정과 사랑을 받는다 하더라도 그것은 일시적인 것일 뿐, 영원하지 않다. 영원하기는커녕 작은 변수에도 크게 흔들린다. 그러니 그들의 생각과 감정에 반응하는 것은 상대방에게 휘둘리는 것이며 헛수고하는 것이다.

그들의 생각과 감정은 그들이 알아서 하도록 놔두자. 특히 나한테 화를 내면 "화내면 본인 기분만 안 좋을 텐데 안타깝네"라고 생각하는 연습을 하자. 처음에는 잘 안될 것이다. 왜냐하면 감정은 에너지이고 그 에너지는 주변으로 퍼지는 속성이 있어 나도 그 에너지에 영향을 받기 때문이다. 내 중심이 확실하다면 나의 '내력'에 의해 견딜 수 있겠으나 우리 대부분은 자신의 중심이 그렇게 단단하진 못하다. 그래서 나도 연습하고 있는데 조금씩 예전보다 더 잘 분리되고는 있지만 갑자기 한순간에 완벽하게 분리되지 않는다. 우리 대부분은 천재가 아니다. 그러니 조금씩 꾸준히 연습하는 방법밖에 없다.

그렇게 상대방의 생각과 감정에서 온전히 분리되어 오로지 나에게만 집중할 때 나는 중심을 잡으며 어디에도 휘둘리지 않고 온전히 자신을 사랑할 수 있게 된다.

행복하고 싶다면
자신의 행복에 집중하자

행복하고 싶다면 자신의 행복에 집중하자. 그럼 행복이 무엇이냐고 묻는다면 나는 자신의 본래의 밝고 가벼운 모습이 되는 것이라고 말하고 싶다. 물론 이것이 행복의 절대적인 모습은 아니다. 어둡고 무거워도 행복할 수 있다. 하지만 내 경험과 내가 지켜본 사람들을 관찰한 결과, 밝고 가벼운 상태가 조금 더 행복해 보였고 나 또한 그럴 때 더 행복했다. 그렇기에 상대방이 어떻든 상관없이 자신의 행복을 위하여 자신의 밝고 가벼운 모습으로 웃고 살면 우린 언제든 행복할 수 있다고 생각한다. 물론 부정적인 생각, 감정에 거의 중독되다시피한 우리에게는 쉽지 않은 일일 수도 있다.

하지만 해보자. 해본다고 손해 보는 게 없지 않나? 부정적인 마음이 들 때마다 알아차리고 행복한 생각과 감정을 조금 더 자주 떠올리자. 그런다고 부정적인 마음이 당장 사라지진 않겠지만, 그래도 부정적인 감정에만 휩싸여 있을 때보단 조금 더 행복하지 않나? 무엇이든 너무 크게 바라면 실망이 따른다. 조금씩이라도 변해간다면 그걸로 충분하다. 이거라도 안 했을 때와 비교해보

자. 그럼 확실히 알 수 있다.

그리고 반복적으로 말하는 것이지만, 지속적인 연습을 통해 내가 행복한 상태에 오래 머무르면 상대방도 내 행복 에너지에 영향을 받아 덩달아 행복해진다. 내가 상대방을 행복하게 해주려고 의도해서 하는 게 아니라 저절로 그렇게 된다. 마치 어두운 방에 불을 켜면 방 전체가 환해지듯, 우리가 행복한 상태에 있으면 우리의 행복 에너지가 주위로 퍼진다. 내가 이 말을 반복적으로 하는 이유는 지금 우리 상황에서 중요한 말이기 때문이다. 남들을 행복하게 해주겠다는 욕심을 내려놓고 우리 자신 먼저 행복하자. 항상 얼굴은 찌푸리고 있고 화내면서 살고 있는데 어떻게 남을 행복하게 해줄 수 있을까? 나부터 행복하자. 정말 남들을 행복하게 해주고 싶다면 일단 자신이 행복할 수 있는 방법을 체득하자. 그래야 남에게도 똑같이 해줄 수 있을 거 아닌가.

사랑은 자유인데
우린 거꾸로 하고 있다

사랑은 자유다

자신을 사랑하는 것은 나를 자유롭게 풀어주는 것이요
남을 사랑하는 것은 남을 자유롭게 풀어주는 것이다.

그런데 우리는 사랑을 반대로 하고 있다 사랑을 하면 속박하려 하고 집착하려 한다. 무엇이든 반대로 하는 게 수준 낮은 우리의 특징이다.

그래서 사랑하는 사이가 자주 전혀 사랑하지 않는 사람들과의 관계보다 못한 관계가 되는 이유가 이 때문이다.

자신을 사랑하라 자신을 자유롭게 풀어주어라.
남을 사랑하라 남을 자유롭게 풀어주어라.

사랑은 한계가 없으니
자유도 한계가 없다.

자기중심적인 사람을 권하다

누군가 정말 순수하게 남을 위하고 배려하고 도와준다고 한다면 대부분이 거짓말이라고 생각한다. 우리 대부분은 자기만을 생각하고 자기를 위해서 행동하지 남을 위해서 행동하진 않는다고 생각하기 때문이다. 순수하게 오로지 남을 위해서 무언가를 하는 사람은 정말 소수에 불과하다. 그리고 나는 오히려 그렇게 자기를 위해서 살라고 권하고 싶다. 자신을 위하고 자신을 사랑하고 자신을 위하는 것에 무슨 문제가 있나? 내가 중대한 범죄를 저지르지 않는 이상 우린 뭘 하든 당당하게 살 권리가 있으며 그런 자신을 자랑스러워하고 사랑해도 괜찮다.

우리가 인간관계에서 어려움을 겪는 이유 중 하나는 뭐든 자기 자신을 위해 하면서도 남을 위해 한다고 착각하며 자신이 그렇게 남들을 위해 희생했으니 상대방도 자신을 위하여 희생해야 한다고 생각하기 때문이다. 그런 모습은 부모들이나 연인 관계에서 자주 나타나는데, 자식을 위한다며 자식에게 공부를 억지로 시키지만 사실 자신이 자기 자식이 공부 잘하는 모습이 보고 싶은 것뿐이다. 그렇게 본인을 위해 행동해놓고 나중에 자식에게 자식을 위하여 희생했다며 자식에게 부담을 준다. 연인 관계에서는 자신이 원하는 것을 상대방에게 해주고 자신이 상대방을 위해 이렇게 했으니 상대방도 자신을 위해서 해주기를 기대한다. 그리고 그 기대가 어긋나면 화를 내고 싸운다. 그리고 서로가 '내가 걔를 위해 얼마나 희생했는데'라고 생각하며 상대방을 원망한다. 이제 그만 인정하자. 자기 자신을 위하는 게 뭐 어떤가? 어차피 내 인생의 주인은 나다. 내가 없으면 상대방이 무슨 의미가 있나 상대방은 알아서 잘 산다.

우리가 이렇게 모든 일을 자신을 위해서 한다고 당당하게 말하지 못하는 이유는 자신을 위해서 사는 건 이기적인 사람이고, 상대방을 위해서 사는 것이 옳고 멋진 사람이라고 생각하기 때문이다. 그러니 자꾸 자신의 본래 의도는 숨기고 거짓말을 한다. 그리고 그 거짓말을 하도 자주 해서 자기 자신에게마저도 거짓말을 하고 있다.

자기중심적으로 사는 것은 이기적인 것도 아니며 오히려 자신을 충분히 사랑하고 있는 것이니 그런 자신을 탓하지도 자책하지도 말고 오히려 인정하고 살자. 세상에 재미있는 게 얼마나 많은데 남 신경 쓸 시간이 어디 있나.

나를 괴롭게 하는 주범은
나의 옳고 그름에 대한 판단이다

나를 괴롭게 하는 것에 대부분이 내가 가진 옳고 그름에 대한 판단 때문이며 그런 판단이 많으면 많을수록 나는 더 많이 괴롭다. 내 판단 기준에 옳지 않은 행동을 하는 사람들을 보니 괴롭고 내 판단 기준에 옳지 않은 행동을 하는 나를 보니 괴롭다.

그런데, 한때 마녀사냥이 옳은 일이었다가 지금은 범죄로 여겨지듯 그 옳음에 대한 기준은 시간에 따라 장소에 따라 사람에 따르며 또한 그 옳고 그름에 관한 판단조차 내가 내린 것이 아니라 세상 사람들이 내린 판단을 그저 무비판적으로 수용한 것에 불과하다. 대부분 진지하게 내가 무엇에 대하여 옳다고 생각하는지 그르다고 생각하는지 살펴본 적도 없을 것이며, 그게 진짜로 옳은 것인지 그른 것인지도 생각하지 않았을 것이다.

그런데도 왜 그렇게 옳고 그름에 집착하며 인생을 재미없게 살까? 그래야 한다고 너무나 자주 반복적으로 들었기 때문이다. 이제부터라도 내가 그렇게 집착하는 옳고 그름이 무엇인지와 그게 정말로 옳은 것인지 그른 것인지 생각해보자. 우리가 우리 스스로 옳고 그름에 대해서 자문만 하더라도 우리는 옳고 그름에 대한 집착을 많이 내려놓을 수 있고, 많이 내려놓을수록 훨씬 편하고 즐겁게 살 수 있을 것이다.

물론 쉽지는 않다. 워낙 우리가 옳고 그름에 대한 판단을 많이 가지고 있기 때문이며 매 순간 자신의 생각을 들여다봐야 하기 때문이다. 그런데 자신의 행복을 위해서 이 정도는 해볼 만하지 않을까? 돈이 드는 것도 아니고 따로 시간을 내야 할 필요도 없으며 손해 보는 장사도 아니기 때문이다. 우리가 돈을 벌기 위해 들이는 노력에 비하면 이 정도는 아무것도 아니다.

상대방에게 인정받으려 하지 말고 스스로 자신을 인정하자

우리가 상대방에게 인정받고자 하여 상대방에게 인정을 기대한다면 상대방 역시 나에게 인정받기를 기대한다는 것을 알아야 한다. 남들에게 인정받고자 하는 마음은 자신에 대해 스스로가 충분히 인정하고 있지 않기 때문이다. 스스로가 스스로를 인정하지 못하는 상황에서 서로가 서로에게 없는 것을 바라니 서로가 서로의 빚을 돌려막기하는 거와 같다. 자신에게 없는 게 상대방에게 있을 리 만무하기 때문이다.

우리는 상대방에 의해 나를 평가하고 있다. 왜냐하면 보이는 게 상대방의 반응이기 때문이다. 그렇기에 그렇게 생각하는 우리를 탓할 필요는 전혀 없다. 다만 지금까지 이렇게 행동해왔고 반응해왔는데 자신의 인생이 더 행복해지지 않았다면 관점을 바꾸는 게 어떤가 하는 것이다.

내 마음과 마찬가지로 상대방의 마음은 변덕이 죽을 끓고 있고 앞에서 말했듯이 다들 자신이 인정받고 싶지, 남들이 인정받는 거에는 관심이 없거나 오히려 질투하기 때문이다. 그런 불확실한 것에 내 생각과 감정을 맡기지 말자. 나에 대한 평가는 오직 나만

이 할 수 있다는 것을 스스로 자주 자각하자. 상대방은 내 안의 모습을 비추는 거울일 뿐 나를 평가하는 주체는 아니다.

오늘부터 스스로에게 항상 이렇게 칭찬하자.

"잘했어."

"잘하고 있어."

"잘할 거야."

삶을 즐긴다는 것은 대상이 나를 즐겁게 해주는 것이 아니라 내가 대상을 즐겁게 대하는 것이다

삶을 즐긴다는 것은 무슨 의미일까? 예전에 나는 사건이나 누군가나 물질(돈, 음식, 물건 등)이 나를 즐겁게 해주어야 내가 즐겁게 살 수 있다고 생각했다. 하지만 지금까지의 내 삶을 돌아보면 그러한 삶의 대상들은 순간적인 즐거움을 줄 수는 있지만 지속적으로 즐거움을 주지 못했다.

왜 그럴까?

그들(사건, 사람, 물건들)은 내 삶의 주인이 아니기 때문이다.

"삶의 대상들이 나를 즐겁게 해줄 거라고 믿는 건 그것들이 내 삶의 주인이라고 착각하는 것이다."

그것은 말 그대로 착각이기 때문에 지속될 수 없다. 그렇다면 어떻게 하면 지속적으로, 그리고 진정으로 삶을 즐길 수 있을까? 앞에서 말한 것과 반대로 하면 되지 않을까?

"내가 삶의 대상들을 즐겁게 대하는 거다."

삶의 주인인 내가 내 삶의 손님격인 그들을 어떻게 보느냐에 따라 그들은 즐겁게도 고통스럽게도 변할 수 있기 때문이다. 사실 우리는 지금도 그렇게 하고 있다. 같은 것을 봐도 서로 다르게 느끼고 있고 같은 사람이 같은 사물을 봐도 자신의 기분이나 상태에 따라 그 사물을 다르게 보고 있다. 다만 우리는 대상이 우리를 그렇게 느끼게 한다고 착각하고 있는 것뿐이다. 그러니 그 착각만 벗어나면 된다.

그저 우리가 대상에 느낌을 주고 있음을 재인식하자. 대상에게는 아무런 의미도 없고 아무런 힘도 없기 때문이다. 삶의 주인은 나이기에 오직 나만이 내 삶에 힘을 가지고 있다. 우린 그 사실을 자주 잊어서 불행을 자초한다. 하지만 그 잊음은 오래가지 않을 것이다. 왜냐하면 진실은 결국 드러나게 되어 있고 우린 그 사실을 기억하게 될 것이기 때문이다.

내 삶의 주도권을 왜 남에게 넘겨주나

예의는 상대방을 존중한다는 표현 방법 중 하나다. 하지만 우린 너무 예의를 중시한 나머지 상대방이 나에게 예의를 표하지 않으면 나를 무시한다고 생각한다. 그런데 여기에는 큰 맹점이 있다. 나는 왜 상대방에게 존중을 받아야 하는가? 상대방이 나를 존중하지 않으면 나는 가치 없는 사람인가? 이렇게 우리가 나에 대한 가치를 상대방의 행동으로 평가하는 것은 내 삶의 주도권을 남에게 넘기는 거와 같다. 그렇지 않나? 내가 내 삶의 주도권을 확실히 가지고 있다면 남이 어떻게 행동하든 내 삶에는 아무런 영향이 없기 때문이다. 우리는 자주 삶의 주도권을 무의식적으로 상대방이나 대상에 넘겨주곤 한다. 수준 낮은 우리가 할 만한 행동이긴 하지만 그렇다고 계속해서 그럴 필요는 없다. 왜냐하면 우리가 행복하지 않기 때문이다.

우리는 자신에 대한 믿음을 되찾아오는 긴 여정을 창조하고 참여하고 있는듯하다. 그렇지 않고서야 이렇게 자신을 못 믿을 수 있을까? 지금까지 남의 말을 믿고 살았는데 그다지 행복하지 않았다면 이제 자신의 믿음을 되찾아올 때가 된 거 같다. 그리고 상대방을 대할 때 예의가 있든 없든 신경 쓰지 않고 대범해야 인간관계가 편하다. 여전히 인간관계가 불편한 나로서는 대범하기가 얼마나 어려운 일인 줄 안다. 하지만 조금씩 대범해질 수는 있다. 5년 전과 나를 비교해보면 상당히 대범해졌다는 것을 알 수 있기 때문이다. 여담이지만 나에겐 모든 과정이 점진적으로 느껴진다. 한 번에 빵 하고 진행된 적은 없는 거 같다. 어쩌면 나는 점진적인 발전을 좋아하고 있는지도 모른다. 아마 대부분의 사람들도 그렇지 않을까? 갑자기 한 번에 변하는 사람은 거의 본 적이 없기 때문이다.

자기 중심을 잡자. 자기 삶의 주인은 자신임을 알자 등, 자신을 중시하고 자기 삶의 주도권을 자신이 가지고 있자는 메세지를 일부러 반복해서 쓰고 있다. 왜냐하면 이것이 현재 내 수준에서 내가 선행해야 하는 일로 여겨지고 있으며 또한 나와 비슷한 수준의 사람들에게도 가장 선행해야 하는 일로 여기고 있기 때문이다.

나는 내 인생의
가장 강력한 마법사

이제부터 나는 내 인생의 가장 강력한 마법사다. 그리고 여기에 내 인생을 바꿀 가장 강력한 주문 세 가지를 쓰려고 한다.

첫 번째는 과거의 기억(즐거운 기억이든 쓰라린 기억이든 상관없이)이 떠오를 때마다 이렇게 말한다.

"참 좋은 일이었어."

이렇게 함으로써 과거 일은 좋은 일로 바뀌고, 바뀐 과거는 현재에 좋은 영향을 미치게 된다.

두 번째는 현재 일어나고 있는 모든 일에 이렇게 말한다.

"그래 잘되고 있어."

이렇게 함으로써 현재 일어나는 일을 좋은 일로 바꿔 미래에 좋은 영향을 미치게 한다.

세 번째는 미래에 대한 생각(기대든 걱정이든 예상이든 상관없이)이 일어날 때마다 이렇게 말한다.

"이번에도 잘될 거야."

이렇게 함으로써 미래의 일은 좋은 일로 바뀐다.

이렇게 나의 과거, 현재, 미래에 대한 내 관점을 바꾸는 주문으로 나의 과거, 현재, 미래를 바꾸고 내 인생을 바꿀 것이다.

"참 좋은 일이었어."
"그래 잘되고 있어."
"이번에도 잘될 거야."

감정도
습관이다

평소에 자신이 어떤 감정 상태에 있는지 살펴보자. 즐겁고 행복하고 만족스러운 상태인가? 아니면 침울하고 불행하고 불만족스러운 상태인가? 대부분의 사람들은 자신의 감정이 외부 요인에 의해 좌우된다고 믿는다. 만약 그게 사실이라면 같은 상황에서 모든 사람들이 같은 감정을 느껴야 하는데 사람들이 느끼는 감정은 제각각이다.

나는 그 이유를 자신의 감정 습관에 의한 것이라고 생각한다. 평소 불만족을 자주 느끼는 사람은 작은 불편한 일에도 바로 불만족을 느끼지만, 평소 만족을 자주 느끼는 사람은 작은 불편한 일 정도는 불편하게 느끼지 않는다. 불만족이라는 감정을 습관적으로 내고 있는 것이다. 그래서 평소 부정적인 감정에 관심을 더 많이 가지는 사람들은 부정적인 감정이 생길 만한 일을 찾아다닌다. 부정적인 뉴스거리를 찾고 사람들과 부정적인 이야기를 하며 부정적인 생각을 한다. 그것이 자신의 의도에 의한 것이든 아니든 말이다(대부분은 무의식적으로 그렇게 하고 있다). 왜 그런 걸까?

어릴 때부터 부정적인 말들을 너무 많이 들은 탓에 습관으로 굳어버린 것이며 우리 사회의 전반적인 의식 자체가 부정적인 것에 더 귀를 기울이기에 사회 집단의식에 영향을 받은 것이기도 하다. 그렇기에 만약 내가 부정적인 것에 더 많이 반응하고 관심을 둔다고 해서 그게 꼭 내 잘못인 것만은 아니다. 주위를 둘러보라. 자신의 주변 사람들 중에서 항상 긍정적으로, 밝고 행복하게 사는 사람이 얼마나 있는지. 나는 거의 없을 거라고 확신한다. 왜냐하면 그게 우리 사회 전반적인 분위기이기 때문이다.

다만 지금의 감정 습관을 좀 더 긍정적인 방향으로 바꾸고 싶다면 의식적인 노력이 필요한데 우선은 자기 자신에게 집중해야 한다. 왜냐하면 오직 자신의 내부에서만 바꿀 수 있기 때문이다. 어떤 단체도 어떤 선구자도 가족도 해줄 수 없다. 그럼 자신의 내부라는 것은 무엇이고 무엇을 해야 할까? 내부라는 것은 자신의 생각과 감정이며 해야 할 것은 그저 자신의 생각과 감정을 관찰하는 것이다. 자신의 생각과 감정을 나와는 아무 상관도 없는 남 보듯이 보는 것이다.

이렇게 하는 이유는 그래야 객관적으로 자신의 생각과 감정을 볼 수 있고 또한 아직은 거친 생각, 감정 에너지에 휘말리지 않기 때문이다. 처음에는 내 생각, 감정을 지켜보기 힘들 수 있다. 왜냐하면 자신이 보고 싶지 않은 자신의 모습을 보는 느낌이기 때문이다. 그러기에 처음에는 짧게 짧게 보자. 아마 그럴 수밖에 없을 것이다. 그렇게 조금씩 적응하다 보면 나중에는 더 많은 시간

동안 볼 수 있고, 객관적으로 볼 수 있을 것이다. 그리고 많이 하면 할수록 숙달되니 시간 날 때마다 해보자. 방법은 정말 쉽다. 그냥 내 생각과 감정만을 보면 된다. 단 거기에 손대거나 바꾸려 하지 말자. 그러면 힘들어 금방 지치게 된다. 그리고 잘 바뀌지도 않는다.

나중에 숙련되면 바꿀 수도 있겠지만 지금은 그 정도가 아니니 관찰만 하자. 그렇게 지속적으로만 해도 내 생각과 감정이 많이 순화됨을 알 수 있을 것이다. 왜 그럴까? 고인 물이 썩듯이 생각과 감정 또한 고여 있으면 썩는다. 생각과 감정은 살아있는 에너지이다. 그들은 내가 관심 가져주기를 바란다. 만약 내가 계속 외면한다면 그 생각과 감정은 흐르지 않고 버티며 물이 댐에서 쌓이듯이 계속 쌓일 것이다. 그러다 나중에 '쾅'하고 폭발하는 것이다. 그렇다고 손을 대면 그 에너지에 자신이 휩쓸리게 된다. 나는 이것이 인간관계와 같다고 생각한다. 아무리 친한 관계라고 해도 서로 적당한 거리를 유지해야 좋은 관계가 유지된다. 그러니 내 생각과 감정에 한발 물러나서 보도록 하자.

삶은
단지 영원한 연습 과정일 뿐

우리의 삶은 영원하다. 윤회를 믿든 천국을 믿든 상관없이 말이다. 그리고 윤회, 천국 심지어 지옥까지 모두 우리가 영원히 존재함을 전제로 하고 있다. 우리의 삶이 영원하다는 것은 우리가 영원히 산다는 의미이다. 그럼 영원히 산다는 것은 어떤 의미일까? 그건 마치 내가 수영으로 올림픽 금메달에 도전하는데 기회가 무한대로 주어졌으며 또한 종목도 육상이든, 양궁이든 내가 원하는 대로 바꿀 수 있는 것과 같은 것이다. 그러니 얼마나 신나는 일인가? 아마 우리는 모든 도전을 연습하듯이 가볍고 경쾌하게 대하며 원하는 결과가 나오면 기뻐하고 그렇지 않으면 다시 도전하거나 포기하든 어떤 것도 심각하게 받아들이지 않았을 것이다. 왜냐하면 기회는 언제든 주어지니까 말이다.

그런데 우리는 우리의 삶을 이번이 처음이자 마지막인 듯이 심각하게 살고 있다. 마치 한 번이라도 실패하면 영원히 기회가 없을 것처럼 말이다. 그러면서 마치 시간이 영원한 듯이 시간을 낭비하며 살고 있다. 우리는 왜 그러는 걸까? 삶이 두렵기 때문이다. 삶이 두렵기 때문에 움츠리며, 조금이라도 위험해 보이는 듯한 일은 시도조차 하지 않으며 가장 안전해 보이는 것만을 하고 있기 때문이다. 또한 삶이 영원하다는 것도 믿지 못하며, 그렇다고 한 번의 기회만 있을 거라는 것도 믿지 못하여 어떤 것도 선택하지 못한 채 어중간하게 행동하고 있는 것이다. 무엇이 진실이든 둘 중 하나라도 확실하게 선택하고 행동했다면 지금보다 훨씬 활기차게 살았을 것이다. 이러지도 저러지도 못하는 예매한 태도만을 유지한 채 살아가니 삶이 재미가 있을 턱이 없다. 그래서 난 나 스스로 이러한 애매한 삶의 태도를 벗어나기 위해, 그리고 다른 사람들도 그러기를 바라는 마음으로 내 태도를 확실하게 정하려 한다.

"우리의 삶은 영원하다."

영원한 삶 속에서 계속하여 우리 자신을 표현할 수 있는 기회가 주어지고 있을 뿐이다. 그러니 삶을 결과로 보지 말고 과정으로 보자. 끝나지 않는 것에 결과가 어디 있겠나? 모든 것은 연습과정일 뿐이다. 이렇게 삶을 대할 때 우리는 좀 더 과감해지고 가벼워진다. 그리고 좀 더 도전적으로 살게 된다.

이 세상은 가짜이니
너무 심각하게 살지 않아도 된다

너무 심각하게 살지 않아도 된다. 여기 이 지구에서의 삶은 이런 저런 체험을 하기 위한 체험장 같은 곳이지 진짜 세상은 아니다.

진짜 세상이라면 길어야 80~90년 살다가 끝날 리가 있겠나? 하물며 태어나자마자 죽는 사람도 있다. 얼마나 비합리적이고 비효율적인가.

"내가 만들어도 그렇게는 안 만들 텐데 하물며 신이 그렇게 만들었을까?"

10년 전에 그렇게 심각하게 생각했던 일들 대부분은 지금 생각하면 별것 아닌 게 되고 10년 후 지금의 나를 보면 내가 겪는 대부분의 일들은 별것 아니게 되며 죽을 때 내 삶에 일어났던 일들을 돌이켜보면 대부분의 일들이 아무것도 아닌 일들일 것이다.

이왕 별것 아니라고 생각할 거 지금 그렇게 생각하자. 마음이 무거워봤자 뭐 도움이 될까. 가볍게 경쾌하게 춤추듯 살자. 그리고 죽을 때가 되면 즐겁게 "안녕 잘 있어"라고 말하고 미련 없이 다음 여행지로 떠나자.

이 세상은
있는 그대로 완벽하다

이 세상은 있는 그대로 완벽하다. 여기서 완벽하다는 의미는 이 세상이 이상적이거나 우리가 상상하는 그런 완벽함을 얘기하는 것이 아니다.

이성적이기는커녕 전혀 이성적이지도 않고 한마디로 정신 나간 세계이다. 그런데 우리가 애초에 여기 온 이유가 이런 미친 세상을 체험하기 위함이었다면 어떤가?

이 세상은 우리의 목적에 완벽하게 부합하고 있는 것이다. 우리가 공포영화를 보러 갔는데 만약 영화 장면이 평화롭고 아름답기만 하다면 그 영화를 완벽하다고 할 수 있을까 완벽하기는커녕 이게 무슨 공포영화냐고 화를 냈을 것이다.

그러니 남들의 정신 나간 미친 짓을 비난하지 말자.
그리고 나의 정신 나간 미친 짓도 비난하지 말자.
그 미친 짓을 체험하기 위해 우리는 서로 완벽하게 자신들의 역할을 해내고 있기 때문이다. 차라리 이 정신 나간 세상을 즐기자. 언제 또 이런 세상에 다시 올지 모르지 않나.

이 미친 세상을 즐기기 위해서는 이 세상이 제정신이 아니라는 것을 받아들여야 한다. 그래야 이 세상이 이해가 되고 좀 더 너그럽게 세상을 보는 여유가 생기기 때문이다.

공포영화를 공포영화로 받아들이기 때문에 영화에서 발생하는 사건들을 받아들이고 공포영화를 즐길 수 있다. 그렇지 않다면 영화에 나오는 악역들을 비난하느라 시간을 낭비할 것이다.

안다. 그게 그렇게 간단하지 않다는 것을. 나도 아직도 남을 내 잣대로 비난하고 있기 때문이다. 그리고 내가 비난한 상대방의 모습을 나에게서 본다. 결국 내가 나를 비난하는 듯한 느낌이다.

내가 수준이 낮으니 낮은 수준의 상대가 보이는 것뿐이다. 그리고 수준이 낮으면 또 어떠한가? 그러려고 여기 왔는데. 차라리 내가 수준이 낮음을 인정할 때 더 행복함을 느낀다.

나와 상대방을 쓰레기로 봐야 인생이 즐거워진다

나와 상대방을 쓰레기로 봐야 인생이 즐거워진다.
이게 무슨 말일까?

내가 나 자신과 상대방을 쓰레기로 본다면 어떻게 될까? 나와 상대방에게 아무런 기대를 하지 않는다. 오히려 그들의 행동에 만족한다. 왜냐하면 웬만한 우리의 행동은 그래도 쓰레기보다 괜찮은 행동이기 때문이다.

누군가 불친절하게 대하면
"쓰레기치고는 괜찮은 행동이네."
하고 웬만한 상대방의 행동엔 웃어넘길 수 있다.

내가 실수를 해도
"쓰레기치고는 그 정도면 잘했지 뭐."
하고 나 자신에게 실망하지 않는다.

그렇게 나와 상대방의 행동에 대하여 만족 속에서 여유롭게 바라볼 때 삶을 편안하게 즐길 수 있다.

만약 내가 나와 상대방을 높은 수준의 인간으로 보면 어떻게 될까?

매번 나와 상대방의 언행에 실망하고 좌절하며 분노할 것이다. 내가 기대하는 높은 수준의 인간은 이렇게 말하고 행동해야 하는데, 그런 모습을 나나 상대방에게서 거의 볼 수 없기 때문이다.

그렇게 힘들게 살 필요가 있을까? 웬만하면 편하게 살자.

"아, 좋~ 다!"라고 말해보자

우리가 겪는 모든 일들에는 아무런 의미가 없다. 그냥 벌어진 일일 뿐이다. 그런데 우리의 에고는 자신의 허황된 기준을 가지고 끊임없이 좋고 나쁨을 판단한다.

에고가 나쁘다고 판단한 일이 벌어지면 우리는 괴로워하고 에고가 좋다고 판단한 일이 벌어지면 우리는 즐거워한다. 결국 에고의 판단에 따라 우리의 기분이 롤러코스터를 타듯이 왔다 갔다 하는 것이다.

물론 이 상태가 좋다면 상관없지만, 롤러코스터 타듯이 감정의 변화가 심한 것이 힘들고 그만두고 싶을 때 도움이 되는 1가지 방법이 있다.

만약 내가 싫어하는 일이 발생할 때 "아, 좋~ 다!"라고 말하는 것이다. 그러면 마음은 순간 긍정적으로 바뀌어 좋은 쪽으로 생각을 하게 된다.

예를 들어, 운동을 하다 힘들 때 "아, 좋~ 다!"라고 말하면 몸이 힘든 것은 그만큼 운동이 잘되고 있다는 뜻으로 받아들여진다. 또 지루할 때 속으로 "아, 좋~ 다!"라고 말하면 지루하다는 것은 그만큼 무탈하고 평화롭다는 의미로 받아들여진다.

어떤 일이든 긍정적인 면이 있기 때문이다. 그러니 힘들 때마다 속으로든 입으로 소리를 내든 "아, 좋~ 다!"라고 말해보자. 내 경험상 속으로 하는 것보단 입으로 소리 내는 게 더 효과가 있었다.

우리는 행복이 아니라 행복의 조건만을 좇는다

우리는 행복에 조건을 달고 그 조건이 성취되면 행복할 거라 믿는다. 그리고 그 조건이 충족되면 또 다른 조건을 단다. 이런 식으로 우리는 행복이 아니라 행복의 조건만을 좇는다.

나는 고등학교 때 대학만 가면 행복할 줄 알았다. 대학에 합격하고 대학 입학을 기다릴 때까지만 해도 행복했다. 하지만 대학 생활은 내 기대와 달랐고, 오히려 고등학교 때까지도 없었던 사춘기와 방황의 시간을 보냈다.

대학 졸업반 때는 취직만 하면 행복할 줄 알았다. 그리고 인문계임에도 IT 자격증까지 취득하며 노력한 결과 원하는 회사에 취직할 수 있게 되었다. 취업한 지 3개월 동안은 정말 행복했다. 내 손으로 직접 돈도 벌고 부모님께 용돈도 드리고 내가 사고 싶은 것도 사고. 하지만 1, 2년이 지나자 그 모든 것들이 익숙해지고 오히려 회사에 대한 불만이 커져만 갔다.

대기업을 가면 행복할 줄 알았다. 그래서 대기업에 취직했고 더 많은 연봉을 받고, 부모님이 나를 자랑스러워하시고 사람들의 부러운 시선을 받는 것이 좋았다. 하지만 강도 높은 업무로 인해 금방 스트레스가 쌓이고 행복이 불행으로 순식간에 바뀌었다.

왜 나는 내가 행복해지기 위해 갖춰야 할 조건을 갖췄을 때도 행복하지 못한 걸까? 행복에 조건이라는 것이 허상이기 때문이다. 우리는 항상 무엇을 하면, 무엇을 가지면, 무엇이 되면 행복할 거라고 생각한다.

하지만 막상 그것을 하고, 갖고, 되면 행복은 잠깐이고 다시 불만족한 상태로 돌아간다. 금방 싫증 내고 또다시 다른 것을 좇는다. 이렇게 되면 영원히 행복할 수 없다. 행복은 지금 이 순간 바로 느껴야 하는 것이지 미래에 가져야 할 게 아니다.

우리가 행복하지 못한 이유는 항상 우리가 가지지 못한 것에 집중하고 있기 때문이다. 그래서 설사 원하는 것을 가져도 또다시 자신이 가지지 못한 다른 것을 찾아 집중한다.

자신의 주위를 둘러보자. 아마 상당 부분(물건이든, 직업이든, 배우자든) 자신이 한때 가지면 행복할 거라고 생각했던 것들일 것이다. 이제는 그것들이 익숙해져서 가지는 게 당연하게 되었을 뿐이다.

행복한 사람은 자신이 가지고 있는 것에 집중한다. 그래서 이렇게 말한다.

"나는 지금 내가 원하는 것을 모두 가졌어."

자기 인생도 잘 살지 못하면서 남의 인생에 참견 말자

우리는 자기 인생도 제대로 살고 있지 못하면서 어찌나 남의 인생에 관심도 많고 참견도 많은지 모른다. 하지만 어째서 자기 인생은 돌아볼 생각은 하지 않을까? 자신의 인생을 진지하게 돌아봤다면 지금 남의 인생을 참견할 때가 아닌 줄 알 텐데 말이다.

자신도 진흙탕에 살면서 남도 진흙탕에 끌어들이고 있는 꼴이다. 일단 자신부터 진흙탕에 나와라, 일단 자기 자신부터 구원해라.

남 일에 참견하는 이유는 본인이 그렇게 못 살고 있으니 남들더러 그렇게 살라고 하는 것일 수 있다. 부모가 못 이룬 꿈을 자식에게 강요하듯이 말이다 꼭 공부 못했던 부모들이 공부에 대해선 말이 제일 많다.

"정직하게 살아라."

"자기계발 열심히 해라."

"좋은 성과를 내라."

본인도 못 하고 있는 일들을 남들이 할 수 있을까? 남들을 바꾸고 싶다면 그저 자신이 그렇게 살고 있는 모습을 보여주면 된다. 일관성 있게 오랫동안, 그럼 그 모습에 감화된 사람들이 알아서 스스로 의지로 바꾸려 할 것이고 그때 기적이 일어나게 될 것이다.

일관되게 오랫동안 그런 모습을 보일 자신이 없다면 그냥 자기 인생 자기가 알아서 살도록 놔두고 신경 끄자. 그리고 자신이 말한 것을 일관성 있게 오랫동안 지켜보려고 시도해본 사람들은 알 것이다. 그게 얼마나 어려운 일인지를…. 그 어려운 것을 남들에게는 몇 마디 말로 이뤄내라고 하니 되지도 않을뿐더러 양심도 없는 것 아닌가?

행복하게 살고 싶다면
그저 본인 인생
그저 본인이 원하는 거
그저 본인 행복
그것만 생각하자.

서로 간의 거리를 유지하자

가족 같은 회사라는 말을 들은 적이 있을 것이다. 참 따뜻하면서도 좋은 회사일 거 같지만 막상 직원들은 이렇게 말한다. 가'ㅇ' 같은 회사라고. 왜 그렇게 말할까? 가족 같은 회사의 장점은 막상 윗사람들에게만 있다. 업무를 명확하게 나누지 않고 아랫사람들에게 과도한 업무를 준다. 왜냐하면 업무를 명확하게 나누면 추가 업무 발생 시 추가로 사람을 뽑아야 하는데, 그럼 비용이 들기 때문이다.

가족 같은 회사이기 때문에 회식 등의 술자리를 강요하거나 단체행동을 강요한다. 만약 술자리에서 상사가 술을 주는데 안 마시면 찍히기 일쑤이다. 가족 같은 회사니까 술도 같이 마시고 식사도 같이 하는 등 모든 걸 같이 해야 한다고 생각한다. 그리고 가족 같은 회사이니 과도하더라도 참고 업무를 맡아야 하고 이런 저런 참견을 받아야 한다.

그런데 우리 가족들의 모습도 이와 크게 다르지 않다. 가족이니까 같이 살아야 하고, 가족이니까 무리하더라도 도와줘야 하고, 가족이니까 참아야 하고, 가족이니까 참견하고 등등. 서로 독립적인 인격체로 존중해야 하는데 가족이라는 이름으로 서로 강요하니 서로 자기가 희생하고 있다고 생각해서 싸울 수밖에 없다. 그래서 가족들 중에는 남보다 못한 관계가 되는 경우가 많다.

왜 서로 가깝게 지내면 이렇게 싸울까? 이 책에서 주야장천 말했듯이 우리들의 의식 수준이 낮기 때문에 서로 가까이 있으면서 자기 생각만 한다. 그런데 그건 크게 분쟁의 요소는 아니다. 그리고 자기 인생이니 자기 생각만 하는 게 어떤가. 분쟁은 자기 생각을 가지고 자꾸 상대방에게 강요하기 때문에 일어난다. 그런데 더 큰 분쟁의 요소는 분명 자신을 위해 한 것임에도 꼭 상대방을 위해 했다고 착각한다는 것이다. 이러한 착각은 상대방에게 자신이 희생한 것에 대한 대가를 요구하게 되는데 상대방 입장에서는 자신이 원하지도 않은 것을 줘놓고 대가를 달라고 하니 황당하기 그지없는 것이다.

대표적인 예로 가정에서 가장 많이 일어나는 게 자녀들에게 공부를 강요할 때이다. 부모는 자식을 공부시키려고 허리띠를 졸라매며 여기저기 학원에 보낸다. 하지만 자식들은 한 번도 그걸 원한 적이 없다. 그저 부모가 가야 한다고 강요하니 간 것뿐이다. 그런데 부모들은 자신이 자식의 행복을 위해서 한 것이라고 생각하지만 실상 자신이 자녀가 공부를 못하는 모습을 보기 싫으니까 자녀에게 공부를 강요한 것뿐이다. 그렇게 하고선 자녀가 공부를 못하면 화내면서 자녀와 싸운다. 자녀 공부 때문에 가정의 행복이 깨지는 것이다. 그런데 이상하지 않나? 자녀의 행복을 위해 자녀에게 공부를 시키는 거라고 하면서 현재의 삶을 불행하게 하고 있다. 오지도 않았고 어떻게 될지도 모르는 미래의 행복을 위해서 현재의 행복을 희생하다니, 이상하지 않나?

가족이라는 이유로 너무 가깝게 지내다 보니 자꾸 보게 되고, 자꾸 보게 되니 안 보고 싶은 모습을 계속 보게 되니 자꾸 상대방을 고치려고 하고 있는 것이다.

가족들뿐만 아니라 연인 간에도 비슷한 모습이 많이 관찰된다. 연인이라는 이유로 서로의 인생을 간섭하려 하고 마치 그게 사랑인 것마냥 생각하고 있다. 그래서 연인들이 싸우거나 헤어질 때 서로 '내가 얼마나 너를 위해 희생했는데'라고 생각하는 것이다. 사랑은 간섭이 아니다. 오히려 자유다.

결국 우리처럼 수준이 낮은 부류는 서로 간의 적절한 거리를 유지하는 게 가장 자신에게 행복한 길인 것 같다. 그 적절한 거리라는 것은 서로 간섭하거나 참견하지 않고 각자의 인생을 살도록 놔두는 것이다. 서로 이렇게 하면 싸울 일이 없다. 왜냐하면 누구나 간섭받는 걸 싫어하기 때문이다. 자신은 간섭받기 싫어하면 남에게는 간섭하려고 하니 행복한 관계가 유지되는 게 말이 안 된다.

그러니 사람들과 행복한 관계를 유지하고 싶다면 거리를 두자. 자신은 싸우더라도 가깝게 지내고 싶다면 그건 각자의 선택일 뿐이다.

이 세상이 유토피아라면
우린 여기에 오지도 않았을 것이다

살다 보면 한 번쯤 이런 생각을 한 적이 있을 것이다.

"왜 세상은 이렇게 나쁜 사람들이 많지?"

"왜 이렇게 사는 게 힘들어야 하지?"

"누구는 평생을 써도 다 쓸 수도 없는 막대한 부를 가지고 있는 반면에 왜 어떤 사람들은 굶어 죽지?"

"왜 이렇게 세상은 공평하지 않은 거야?"

맞다. 지금 우리 세상은 공평하지도 정의롭지도 않다. 오히려 불평등은 더 심화되고 있고 전쟁, 살인, 절도, 강간 등과 같은 끔찍한 사건들은 지금도 계속 일어나고 있다. 그런데도 신은 어디에 있는지 이러한 악을 바로잡을 생각은커녕 모습조차 드러내지도 않고 있다. 이 얼마나 무책임한 신이란 말인가? 아니면 우린 신에게조차 버림받은 구제 불능의 존재란 말인가?

아니다. 이건 구원의 문제도 신의 문제도 아니다. 이상하게 들릴 수 있겠지만 이 세상은 아무런 문제가 없다. 오히려 잘 돌아가고 있다. "한쪽에선 전쟁을 벌이며 대량 학살을 자행하고 있고 지구 기온은 계속 올라 북극의 얼음이 점차 녹아 인류 전체의 위기가 올지도 모르는데, 아무 문제가 없다니 미친 거 아냐?"라고 생각할 수 있을 것이다.

맞다. 우린 서로를 죽이고 자연을 파괴하는 등 정신 나간 짓을 하고 있다. 그런데 왜 누가 보더라도 서로에게 피해만 주는 이러한 미친 행동을 우리는 왜 지속적으로 하고 있는 걸까? 첫 번째 이유는 이 세계가 원래 이렇게 생겼기 때문이며 두 번째 이유는 이렇게 생긴 세계인 줄 알면서 우리가 여기에 태어나기를 선택했다는 것이다.

아마 대부분의 사람들은 자신이 선택하여 여기에 태어났다는 것을 인정하지 않을 수 있다. 이 부분은 사실 명확한 증거가 있는 게 아니기 때문에 믿으라고 강요할 수 없다. 단지 나는 우리가 여기 태어난 것은 우리의 선택이었다고 믿는데, 내가 그렇게 믿게 된 것은 책 『신과 나눈이야기』를 읽으면서였다. 책을 통해 신이 우리에게 자유의지를 주었으며 그 자유의지는 말 그대로 우리의 모든 선택에 해당한다는 것을 알았고 또한 직접적으로 그 책에서 우리의 선택으로 우리가 태어날 곳을 정한다고 하였기 때문이다.

나는 그 책에서 말하는 바가 사실이라고 믿는다. 가장 큰 결정 중 하나인 태어나는 게 내 의지가 아니라면 신이 우리에게 자유의지를 주었다는 것은 거짓말이 되기 때문이다.

그럼 우리는 왜 이렇게 빡센(?) 행성에 태어나기를 선택한 것일까? 나는 순전히 불완전한 세상을 체험하기 위하여 여기에 온 것이라고 생각한다. 우리가 생각하는 유토피아의 삶을 원했다면 영계라고 불리는 사후세계에서 머물렀을 것이다. 왜냐하면 임사체험을 한 사람들의 증언에 따르면 그곳은 오직 평화와 사랑만이 가득하며 생각만으로도 모든 것이 이뤄지는, 말 그대로 유토피아 그 이상의 완벽한 세계이기 때문이다.

그런데 그런 완벽하고 멋진 곳을 놔두고 왜 굳이 여기 온 것일까? 단순한 이유 아닐까? 우리가 매일 고급음식을 먹어도 가끔 분식이 끌릴 때가 있듯이 완벽한 세상만을 체험하다 보면 어떨 때는 완벽하고는 거리가 먼 세상을 체험하고 싶지 않을까? 그리고 그게 우리가 여기에 온 이유일 것이라고 생각한다. 무슨 대단한 이유나 사명이 있어서 여기에 왔다고 생각하지 않는다.

그러니 모든 사건들이 내가 원하는 체험을 하도록 도와주고 있음을 알자. 이 깨달음을 완전히 받아들이게 되면 사는 게 덜 고통스럽고 또한 즐길 수 있기까지 될 수 있을 것이다. 물론 나도 아직 온전히 다 받아들이고 있지는 못하고 있지만 그래도 예전보다는 훨씬 더 많이 받아들이고 있다. 그 증거로 불만과 불안이 많이 줄었다. 내 선택이라고 생각하니 불만을 일으킬 수 없고(그래도 아직 예전 습관이 남아 있어 가끔 불만을 터트리곤 한다) 또한 모든 게 내 선택이니 내 선택에 따라 삶을 다르게 그릴 수도 있다는 사실이 불안을 조금씩 잠재우고 있다. 그리고 이렇게 작은 걸음이라도 계속 걸을 때 나에게 기적이 일어날 것이라 믿는다. 아니 지금 나에게 기적이 일어나고 있음을 안다.

어쨌든 영혼이 원하는 대로 되게 되어 있다

우리는 자신의 운명이 어떤 외부적인 요인에 달려있다고 생각한다. 예를 들어 인간관계나 정치, 자신이 속한 조직, 국가 경제 상황 등등. 하지만 그것들은 그저 그렇게 보이는 것이지, 실제로는 아무런 힘도 가지고 있지 않다. 왜냐하면 내 인생에서 발생하는 모든 사건들은 자신의 영혼의 설계에 따라 발생하는 것이기 때문이다.

물론 그 사건에 대하여 어떤 결정을 할지는 현재 의식 차원에서 결정하지만, 만약 현재 의식이 영혼의 목적과 부합하지 않는 결정을 한다면 자신의 영혼은 비슷한 사건을 반복해서 일어나게 하여 결국 영혼의 결정을 따르게 할 것이다.

왜 그럴까? 영혼이 진정한 나이며 이 진정한 나는 지구에 오기 (태어나기) 전에 여기에 온 목적과 대략적인 체험을 정하고 오기 때문이다. 그렇기에 영혼에 목적에 부합하는 체험을 하기 전까지는 반복해서 비슷한 사건들을 구성한다.

그리고 진정한 나인 내 영혼은 광대한 존재이다. 지구보다 크며 이 우주보다 크다. 내 인생의 모든 것을 관장하고 있는 실제 주인이다. 그렇기에 그 누구도 내 영혼의 허락 없이는 내 인생에 관여할 수 없다.

그렇다면 영혼의 목적은 무엇인가? 내가 느끼기에는 나의 성장, 정확하게 말하면 내 현재 의식의 성장을 원하고 있다. 그래서 내가 맞닥뜨리는 모든 사건들은 내 성장을 위한 것이다. 그렇다면 다른 사람들은 어떨까? 잘 모르겠다. 사람마다 다를 수 있다고 생각한다. 하지만 내가 지금껏 관찰한 바에 따르면 대부분의 사람들은 성장하고 있으며, 또한 성장을 원하고 있다. 그것을 잠시 잊어버리고 살 수는 있지만 결국에는 성장을 향하고 있다.

그렇기 때문에 내가 봤을 때 불쌍해 보이는 사람들이나, 또는 내가 봤을 때 부러운 사람들은 모두 자기 성장을 위해 영혼이 구성한 가장 알맞은 체험을 하는 것일 뿐이기에 체험 자체에는 어떤 좋고 나쁨이 없다.

그러니 걱정을 내려놓고 내 영혼을 믿고 맡기자. 내 영혼이다. 설마 내 영혼이 잘못된 길로 인도할 일이 있을까? 영혼은 내 현재 의식보다 훨씬 높은 차원에 있기에 내가 아는 것보다 이루 말할 수 없을 만큼 훨씬 많은 것을 알고 있다. 우린 우물안 개구리 아닌가? 그리고 다른 사람들 역시 각자 영혼의 안내에 따라 잘 가고 있음을 알고 그들을 판단하는 것은 멈추도록 하자. 그리고 아래 말을 명심하자.

"우리의 영혼들은 그 긴 세월 동안 한 번도 실수한 적이 없다."

모든 판단 기준을 자신이 원하는 것을 이루는 데 도움이 되는지와 안 되는지로만 한정해보자

나는 개인적으로 우리의 행복을 위해서나 자신의 성장을 위해서나 옳고 그름의 판단에서 벗어나야 한다고 생각한다. 왜냐하면 그 옳고 그름의 판단 기준 자체가 예매할 뿐 아니라 그 옳고 그름 때문에 우리가 서로 싸우기도 하고 스스로 자신의 자유를 제한하기도 하기 때문이다.

무엇이 옳고 무엇이 그른지 누가 알까? 그리고 대부분의 사람들은 자신이 옳다고 여기지 자신이 틀렸다고 생각하지 않는다. 그러니 옳고 그름의 문제는 결론이 나지 않고 그저 다툼만을 발생시킬 뿐이다. 결국 우리는 결론도 나지 않을 문제에 대하여 끊임없이 싸우며 에너지 낭비, 인생 낭비를 하고 있다.

그럼 옳고 그름이 아니면 어떤 기준을 가지고 행동해야 할까? 나는 내가 진정으로 원하는 것이 되거나, 원하는 것을 하거나, 원하는 것을 가지기 위하여 무엇을 하는 게 도움이 되는지를 가지고 판단하는 게 어떨까 한다.

예를 들어 만약 내가 작가가 되는 게 꿈이라고 해보자. 그럼 내가 되고 싶은 것은 작가이고, 내가 하고 싶은 것은 글쓰기이고,

내가 가지고 싶은 것은 출판된 내 책일 것이다. 그럼 내가 원하는 것을 얻기 위하여 무엇을 하면 되나. 간단하다. 꾸준히 글을 쓰고 자신이 쓴 글을 출판사에 투고하면 된다. 얼마나 간단한가? 하지만 이 간단한 일이 옳고 그름에 문제로 엮이면 어떻게 복잡해지는지 지금 보여주겠다.

일단 몇몇 유명한 작가 외에는 돈을 잘 못 벌 가능성이 크다. 그래서 유명해지기 전까진 어쩌면 남들보다 가난한 생활을 해야 할 수도 있다. 이때 가난한 것은 나쁘다(혹은 그르다)는 생각이 들어온다. 그러면 작가라는 꿈을 향한 첫걸음을 떼기도 힘들어지며 많은 고민을 하게 된다. 그래도 그 결국 작가라는 꿈을 선택하고 글을 썼다고 해보자. 야심 차게 첫 작품을 출판사 여러 곳에 투고를 했는데 한 군데에서도 연락이 오지 않았다. 이때 누군가에게 거절을 당하는 것은 나쁜 것이라는 판단이 내 마음을 상처받게 하여 스스로 좌절하고 꿈을 포기하고 싶게 만든다. 사실 옳고 그름에 대한 판단이 없다면 그냥 더 많은 출판사에 투고하거나 글을 다시 쓰면 되는 일인데 말이다. 그렇게 무명 작가로서의 시간이 길어지자 부모님을 포함한 주변 사람들이 걱정을 하기 시작한다. 이때 또 부모님에게 걱정을 끼치는 것은 불효자(나쁜 자식)라는 생각이 자신을 괴롭힌다. 이런 식으로 우리는 스스로 인지하지 않는 한 무의식적으로 옳고 그름을 판단하며 스스로를 힘들게 하고 있는 것이다.

이 이야기를 반대로 뒤집으면 옳고 그름에 대한 판단만 내려놓으면 우린 한결 평온해지며 더 적게 고민하고 더 많은 것을 해낼 수 있다는 이야기이기도 하다.

어떻게 하는 것이 자신의 인생에 도움이 될까? 옳고 그름에 매달려 스스로를 제한하는 삶? 아니면 자신이 원하는 것에 집중하여 앞으로 나아가는 삶? 그건 결국 자신이 결정해야 하는 일이다.

3부

수준 낮은 우리가 자신의 한계를 극복하는 방법

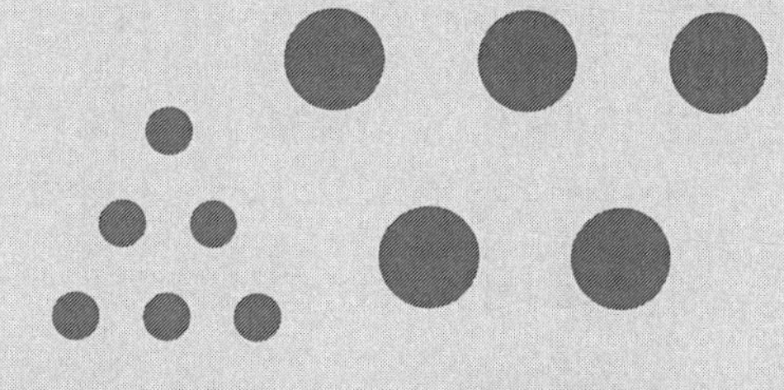

우리는 수많은 한계에 둘러싸여 있다. 그리고 우리가 이러한 한계에 둘러싸여 있는 이유는 한계 자체를 즐기고 그 한계를 뛰어넘는 기회를 받고 있는 것이다. 한계 내에서 살아가든 한계를 넘는 도전을 하든 그것은 개인의 선택이다. 꼭 한계를 넘어서야 하는 것도 아니다. 그러지 않아도 사는 데는 아무런 지장이 없다. 단지 한계를 넘는 과정은 인생의 즐거움 중 하나다. 그리고 자신의 수준을 높이고자 하는 사람들에게는 어쩌면 필수로 거쳐야 하는 과정 중 하나일 것이다. 지금까지 자신의 한계를 넘어서 성공한 사람들의 이야기에 열광하고 부러워했다면 이제 자신이 그 주인공이 되어보자. 하나씩 하나씩 해나간다면 우리 또한 그렇게 될 수 있다고 생각한다.

자신의 이해 밖 세상에 보물이 있다

대부분의 사람들은 자신의 이해 밖에 것들에 대해서는 무시하고 부정적으로 보거나 잠시 열린 마음을 유지하다가도 조금이라도 위협을 느끼거나 빠르게 진전되는 게 없어 보이면 금세 움츠러들고 기존의 자신이 가지고 있던 이해 영역 안으로 들어간다.

그러기에 대부분의 사람들은 자신들의 이해 안에서 행동하고 그만큼만 얻는다. 하지만 소수의 성공한 사람들이나 철인들은 자신의 이해 밖에 있는 것들에 대해 지속적으로 열린 마음을 유지하고 도전하기에 자신의 이해 이상의 것을 얻는다.

대부분 우리는 우물 안 개구리와 같다. 자신이 보는 세상이 전부라고 믿고 전부여야 한다고 생각한다. 그래서 우물 밖 세상을 볼 수 있는 기회가 생겨도 두려워서 보지 않으려 한다.우물 안에서 안정감을 느끼며 그 안에 머무르지만, 한편으로는 지겨워한다. 이런 이질적인 두 감정이 교차하며 불만을 만들어내는 것이다. 하지만 내가 이전과 같은 세상에서 이전과 같은 행동을 하는데, 어떻게 다른 결과를 만들 수 있을까?

그러니 마음을 조금만 더 열어 자신이 이해하지 못하는 세상의 귀를 기울여보자. 많이도 아니다. 지금보다 조금만 더 열면 된다. 갑자기 크게 열어버리면 그 충격에 자신이 어쩔 줄 모르고 두려워져 다시 마음을 닫을 수도 있기 때문이다.

지금보다 조금 더, 다시 지금보다 조금 더. 그렇게 나아가자. 이 세상에는 우리의 이해로는 설명할 수 없는 일들이 넘쳐나며, 그것들이 나에게 새로운 기회를 제공해줄지도 모른다.

내가
도전하는 이유

내가 하는 모든 도전은 내가 얼마나 가능한지 확인하기 위함이다.

나는 얼마나 달릴 수 있을까?
나는 얼마나 영어를 잘할 수 있을까?
나는 얼마나 돈을 벌 수 있을까?

내 체력은 얼마나 좋아질 수 있을까?
내 정신과 육체는 얼마나 강해질 수 있을까?
내 영성은 얼마나 성장할 수 있을까?

결론을 미리 내지 않고
한계를 미리 정하지 않고
계속 밀고 나가는 거다.

때론 뒤로 갈 수도 있지만 뛰려면 구부려야 하고
뒤로 가는 과정 또한 크게 보면 앞으로 가는 것이니

결과에 연연함 없이 나아가자.

나는 지금껏 잘되었고
지금도 잘되고 있고
앞으로도 잘될 것이기 때문이다.

단계적 변화

나 자신을 있는 그대로 본다는 것은 괴로운 일일 수도 있다. 왜냐하면 내가 생각했던 나와 실제 나는 상당히 다를 수 있기 때문이다.

하지만 반대로 엄청난 기회일 수도 있다. 생각만으로 한계를 만들었던 나에게서 무한한 가능성을 볼 수 있기 때문이다. 내 생각 안에서 산다는 것은 예상 가능한 패턴으로 행동하는 것이기에 안정감을 줄 수 있는 반면, 예상 가능한 결과만을 얻는다.

반면 내 생각 너머로 산다는 것은 때론 예상하지 않은 패턴으로 행동하는 것이기에 불안해질 수 있는 반면, 전혀 예상 못한 결과를 얻을 수 있다.

나는 어떤 삶을 살기를 원할까? 전혀 예상하지 못한 멋진 결과를 얻기를 원하면서 안정감을 느끼길 원한다.

"변화와 안정감을 둘 다 얻을 수 있는 방법이 있을까?"

이 둘 다를 얻기 위하여 내가 선택한 것은 단계적 변화이다. 단계적 변화는 빠른 결과를 얻을 수는 없지만, 변화 과정 중에 있을 수 있는 위험부담을 줄여줄 수 있다.

하지만 시간이 걸리니 인내심과 꾸준함이 필요하다. 그리고 인내심과 꾸준함을 유지하기 위해선 내가 내 내면의 목소리에 귀를 기울여야 한다.

항상 나에게 "잘되고 있다", "괜찮다"라고 말해주는 나의 진정한 목소리에.

강한 의지의 실

무엇이 강한 의지를 만들어낼까? 나는 욕망이라고 생각한다. 그럼 욕망은 무엇일까? 자신의 욕구를 채우고 싶은 마음이다.

아마 자신의 욕구를 채우는 것은 나쁜 것이라는 말을 많이 들었을 것이다. 나는 반대로 생각한다. 오히려 자신의 욕구를 채우는 것은 좋은 것이다. 왜냐하면 욕구가 나를 행동하게 만들기 때문이다.

자신의 욕구를 잘 들여다보자. 그것들이 사회에 해악을 끼치나? 아니다. 오히려 자신을 발전시켜줄 수 있는 계기를 만들어준다. 사회에 해악은 욕구가 오랫동안 억눌렸다가 갑자기 폭발하면서 비정상적인 형태로 표출될 때 일어나는 것이다.

그러나 우리는 욕구를 나쁜 것으로 보고 억누르려고만 한다. 만약 누군가 다른 사람들이 받아들이기 힘든(굉장히 자의적인 판단 기준으로) 자신의 욕구를 표현하면 철없는 어린아이나 세상 물정 모르는 철부지 또는 이상한 사람으로 보기 일쑤이다.

욕망이 강할수록 이루고자 하는 의지는 강해진다. 하지만 강한 의지는 단기간에 사라질 수 있다. 욕망을 이루려는 활동 중에 어려움이 발생하거나 시간이 너무 오래 걸리기도 하기 때문이다.

강한 의지를 지속시키기 위해서는 다른 강한 동기가 필요한데 그건 희망이다. 내 욕망이 이뤄질 수 있을 거란 희망.

그렇기에 강한 의지로 자신이 목표한 바를 이루고 싶을 때는 "욕망"과 "희망", 이 "Two망"을 잘 활용하면 도움이 된다. 자신을 믿고 스스로를 다독이면서 나아가자. 내가 가능하다고 믿는다면 그걸로 된 것이다.

실패는 없으니
잊어라

실패란 없다. 그러니 잊어라.

불가능이란 없다. 그러니 잊어라.

Forget은 이럴 때 사용하는 것이다.

For Get을 위하여.

두려움을 극복하는 빠른 방법

우리가 우리 한계에 도전할 때 가장 힘든 점은 외부 환경이 아니라 내 안의 두려움이다. 두려움은 시시각각 내 안에서 올라온다. 그것들은 지치지도 않는다.

평소에 내가 많은 두려움을 품고 살았다면 딱 그만큼 올라오는데 평소에는 잘 못 느낀다. 그러다 새로운 도전을 할 때 내가 얼마나 많은 두려움을 가지고 있는지 실감하게 된다.

자신의 성향도 성향이지만 우리 집단의식 자체가 두려움을 기반으로 하고 있고 집단의식은 상당 부분 개인의식에 영향을 준다.

두려움이 올라오는 것을 막을 방법은 없다. 내 안에 있는 것이기에 반드시 드러나게 되어 있기 때문이다. 억지로 막는다고 해도 다시 나타나면 그때는 더 크게 나타난다. 그렇기에 우리는 차라리 두려움을 다루는 방법을 연습하는 게 도움이 된다. 내가 권장하는 방법은 내가 두려워하는 것들을 인정하고 받아들이는 것이다. 왜냐하면 "저항하면 끝까지 쫓아올 것이고, 껴안으면 내려놓을 수 있기 때문이다."

문득문득 두려움이 올라올 때마다 두려운 일에 대하여 이렇게 말해보자.

"그래도 좋아."

"괜찮아."

그렇게 내 두려움을 받아들이면 두려움은 더 이상 두려움이 되지 않는다.

그리고 두려움이 아닌 것은 더 이상 두려워할 필요가 없다.

잘하지 말고
그냥 하자

이제부터 "잘하겠다는" 말을 빼자 왜 잘해야 하나? 그냥 하면 되지. 잘하겠다는 말은 무리하겠다는 말과 같은 의미다.

시험을 잘 보겠다는 말은 내 실력 이상의 점수를 내겠다는 말이고, 일을 잘하겠다는 말은 내 능력 이상으로 결과를 만들겠다는 말이며, 누군가에게 잘하겠다는 말은 내가 아닌 다른 누군가가 되겠다는 말이다. 무리하면 오래가지 못하며 무리한 만큼 반드시 뒤로 가게 되어 있다. 우리는 잘해야 한다는 한쪽 에너지에 쏠려 있다. 잘못하면 무언가 큰일이라도 일어나는 것마냥 싫어하고 두려워한다. 이런 에너지 쏠림은 삶의 균형을 무너뜨려 삶을 힘들게 한다.

"우리는 참 삶을 힘들게 산다. 그리고 어떨 때는 힘들게 사는 걸 좋아하는 것 같기도 하다."

그러니 다시 삶이 원래대로 쉽게 흘러가게 하기 위해서 에너지의 균형을 맞추자. 스스로가 잘못했다고 느껴지거나, 아니면 누군가가 잘못했다고 말하면 기뻐하고 스스로에게 아낌없이 칭찬하자.

"우리의 삶을 힘들게 하는 것은 자신이 무언가를 잘못을 했기 때문이 아니다. 잘했다, 못했다 판단하고 거기에 더해 잘한 건 좋은 거 못한 건 나쁜 거라는 꼬리표를 달아서 자꾸 스스로 잘하려고 무리하기 때문이다."

잘해야 한다는 압박감에서 벗어날 때 우린 더 자연스러워지고 더 자연스러워질 때 더 자유로워지며 더 자유로워질 때 삶 속에서 일어나는 다양한 도전들을 즐겁게 받아들일 수 있게 된다.

한계를 넘는다는 것은 익숙하지 않고 불편한 상황과 느낌 속으로 들어가는 것

나의 한계를 넘어선다는 것은 어쩌면 익숙하지 않은, 또는 불편한 상황과 느낌으로 반복적으로 들어가는 것일지도 모른다. 그리고 그럴 때마다 나의 생각과 감정들은 알람을 울리며 익숙하고 편안한 상황과 느낌으로 되돌리려고 한다.

그러한 알람들을 이겨내고 얼마나 자주 오랫동안 익숙하지 않고 불편한 상황에 자신을 놓느냐에 따라 얼마나 빠르게 자신의 한계를 넘느냐가 결정되는 것 같다.

익숙함과 작별할 수 있는 용기
불편함을 감내할 수 있는 인내력
그리고 내가 해낼 수 있다는 믿음

용기, 인내력, 믿음
내가 갖고 있고, 우리 모두가 갖고 있는 마법의 도구들

시크릿이 안 된다면
이렇게 하자

내가 원하는 게 있다면 그것이 이미 있는 듯이 느껴라. 돈을 원하면 돈이 있는 듯이 느끼고, 이성을 원하면 이성이 있는 듯이 느끼자. 이 우주에는 시간이 존재하지 않기에 내가 상상할 수 있는 모든 현실은 지금 이미 존재한다.

있는 듯이 느끼는 것은 우주에 내가 원하는 것이 이미 있음을 알려 내가 원하는 것이 있는 현실을 끌어당길 수 있게 해준다. 이것이 현실 창조 방법 중 하나이며 책 『시크릿』 핵심 내용 중 하나이다.

하지만 일반인인 우리가 이렇게 하기에는 밖으로는 현실이 내 꿈과 너무 차이가 크며 안으로는 논리적 모순에 시달리게 된다. 사실 깨달음이나 자신에 대한 믿음이 동반되지 않는다면 이렇게 하기 힘들다. 그렇다면 우리와 같은 평범한 사람들이 할 수 있는 방법은 무엇이 있을까? 내가 쓰는 방법은 일단 장·단기 목표를 함께 세우고, 단기 목표를 달성하기 위한 행동을 매일 하는 것이다.

예를 들어 장기 목표가 6개월 안에 마라톤 풀 코스를 완주 하는 것이고 단기 목표가 1달 안에 10㎞를 달성하는 것이라면 매일

5㎞씩 뛰는 행동을 만든다. 그리고 매일 그 행동을 하게 되면 내가 장기든 단기든 목표를 이루고 있다는 느낌이 만들어지게 되는 것이다. 매일 목표 달성을 위한 반복적인 행동이 목표를 이룰 수 있다는 느낌을 더 강하게 만들어주고, 『시크릿』에서 말한 이미 이뤄진 느낌을 자연스럽 만들기 때문이다.

나의 방법은 행동과 노력을 동반하기에 힘들 수 있다. 하지만 내가 원하는 것을 내 마음 먹은 대로 이룬 경험이 거의 없는 우리들에게는 이런 반복적인 훈련과 경험이 쌓여야 한다. 이런 경험이 하나씩 쌓여야 자기 자신을 믿는 마음이 커지며 그 기본 바탕이 생겨야 『시크릿』에서 말한 방법들을 더 잘 이해하고(사실 본능적으로 받아들이고) 더 빠르게 원하는 것을 이룰 수 있기 때문이다.

목표를 이루려면
자신의 목표를 남들에게 선언하자

자신이 이루고자 하는 목표가 있다면 남들에게 말하고 다니자. 그렇게 함으로써 자신이 목표를 포기하고 싶을 때마다 남들에게 말한 게 쪽팔려서라도 목표를 계속 밀고 나간다. 우리가 얼마나 남들에게 자신이 잘났다고 말하고 싶어하는데 자신이 자신의 입으로 말한 목표를 실패했다고 말하기 얼마나 어렵고 하기 싫어하는지를 생각하면 이 방법이 상당히 유효하다는 것을 알 수 있을 것이다.

목표는 현재 수준에서 조금 도전적으로 잡자 그래야 자신의 잠재력을 끌어 올릴 수있다. 그리고 앞으로 나갈때는 실패를 생각하지 말자 설사 실패하더라도 다시 도전하면 그만이다.

일단 결정했으면 밀고 나가보자

내 몸의 상태는 항상 좋았다 안 좋았다 하고 내 마음은 하루에도 수십 번씩 바뀐다. 그리고 우리는 자신의 본질적인 주인이 몸이나 마음인 줄 알고 착각하여 몸과 마음에 이리저리 끌려다닌다. 그래서 이루고 싶은 목표를 정해도 변덕스러운 몸과 마음의 결정에 따라 이리저리 수정하다가 나중엔 포기하기까지 한다.

나는 내 몸도 아니고 내 마음도 아니면 내 영혼도 아니다. 이 셋을 포함하는 통합적이고 초월적인 존재이다. 그런데 우리는 우리의 주인 자리를 몸과 마음에 넘겨주고 있다. 몸과 마음은 나를 표현하는 도구인 내 일부분일 뿐인데 말이다. 마치 검사가 검이 마치 자신인 것처럼 착각하여 제대로 사용은 해보지도 못하고 검을 떠받들고 있는 것과 같다.

하지만 결국 내가 주인이기에 내가 결정한 대로 밀고 나간다면 내 몸과 마음은 자기 주인의 명령에 결국 따를 수밖에 없다. 그러니 겁먹지 말고 결정한 대로 나아가자. 그러면 몸은 그 결정에 따라 자신의 상태를 조절할 것이며 마음 또한 결정에 따라 일관성을 가지기 시작할 것이다. 마음이 일관성을 가질 때 일관된 현실이 창조된다.

그리고 이것을 성공하면 비로소 무엇이 나의 진정한 주인인지 명확하게 알 수 있을 것이다.

도전에 실패했다고 느껴질 때
이렇게 생각하면 다시 도전할 마음이 생긴다

마라톤 대회를 준비하던 어느 주말, 36㎞를 목표로 달리기 연습을 한 적이 있었다. 하지만 나는 30㎞까지 뛰고 멈출 수밖에 없었다. 왜냐하면 30㎞ 이후로는 걷기도 힘들 정도로 지치고 다리도 도저히 안 움직여졌기 때문이다.

그럼 나는 그날 내 목표를 달성하지 못했으니 실패한 것일까? 아니다 완전 대박 성공이다. 왜일까? 만약 오전에 달리기를 하러 나오지 않았다면 나는 뭘 했을까? 침대에서 뒹굴거리며 유튜브나 디즈니플러스를 보며 시간을 죽이고 있지 않았을까?

내가 10㎞를 뛰었든 30㎞를 뛰었든 36㎞를 뛰었든 뛰었다면 그만큼 내 몸은 더 건강해지고 강해졌으니 나에겐 이득인 것이다.

우리는 성공에 너무 집착한 나머지 도전 자체가 주는 이익을 보지 못하는 경우가 많다. 우리는 도전하는 것만으로도 무언가를 배우며 성장한다. 거기에 원했던 결과까지 얻으면 좋지만, 설사 그렇지 않았다 하더라도 충분히 나에게는 이득인 것이다. 그냥 이득도 아니고 개이득이다.

이런 마음가짐이 도전을 지속시키고 도전 자체를 즐길 수 있게 해준다. 그러니 만약 어떤 도전에 실패하여 더 이상 도전하고 싶지 않을 때 스스로에게 물어보자.

"그럼 이거 말고 뭐할 건데?"

"이것보다 나에게 도움 되는 게 있어?"

나는
은퇴를 생각하지 않는다

보통 은퇴라고 하면 빠르면 50대, 늦어도 60대 때 일을 그만두고 모아둔 재산 쓰면서 사는 생활일 것이다. 하지만 나는 50대 때든 60대 때든 나이와 상관없이 왕성한 활동을 지속할 수 있고 충분히 새로운 도전을 할 수 있다고 믿는다. 그리고 자신을 믿고 매일 앞으로 나아간다면 나이 어린 친구들보다 오히려 더 잘할 수 있다고도 생각한다.

그러기 위해선 지속적으로 강한 정신력과 체력을 만들고 유지하는 게 도움이 된다. 그래서 나는 영성, 마인드 셋, 식습관, 운동, 공부, 창작활동, 수면 등 나에게 맞는 루틴을 지속적으로 실험하고 있다. 은퇴가 필요하지 않을 정도가 되기 위하여 46세가 될 때까지 정신력과 체력의 튼튼한 기본 뼈대를 완성할 생각이다. 그리고 은퇴를 생각하지 않는 것은 나 자신을 끊임없이 성장시키고자 하는 적절한 긴장과 강한 동기를 주는 이점이 있기 때문이다.

메기 효과라는 말이 있다. 정어리가 있는 어항에 천적인 메기를 넣으면 정어리들은 살기 위하여 활발하게 움직인다는 것이다.

즉 적절한 긴장 상태는 자신에게 활력을 주고 강하게 해준다. 그렇기에 은퇴가 없다는 생각은 나를 지속적으로 새로운 것을 받아들이게 하고 도전하게 하여 나를 성장시켜 줄 것이다.

그러니 자신을 지속적으로 성장시키고 싶다면 성장에 끝이 있다고 생각하지 말자. 우리가 은퇴를 생각하는 것은 우리가 늙었고 성장이 멈췄기 때문에 더 이상 시대가 요구하는 것에 부응할 수 없다는 생각 때문이다. 하지만 우리의 성장은 결코 멈춘 적이 없다. 다만 내가 그렇다고 생각하고 있을 뿐이다.

성장이 멈췄다고 생각하니 새로운 것을 더 받아들이려 하지 않으며, 늙었기 때문에 새로운 도전을 하기에는 너무 늦었다고 생각하는 것이다. 어떤 것도 늦지 않았다. 그냥 하자. 그럼 어떻게든 된다.

나이를 이겨낼 수 있다고 생각한다

2020년 40살이 되었을 때, 나에게 충격을 주는 일이 있었다. 어떻게 보면 다른 사람들에게는 그게 뭐 충격적일 수 있냐고 생각할 수 있을 수 있지만 개인적으로 그랬다.

2020년 나는 프리랜서를 선언하고 한 대기업 프로젝트에 들어가 있었다. 당시에는 프로젝트 초반이라 그날은 아무 일도 없어서 책상에 앉아 인터넷 검색만 하고 있었다. 그러고 퇴근해서 집에 왔는데 너무 피곤한 것이었다. 그래서 저녁 9시부터 잠을 자기 시작했는데 다음 날 오전 6시까지 잠을 잤다. 그것도 '충분히 잤으니까 일어나야지'하고 일어난 게 아니라 알람 소리를 듣고 출근을 위해 억지로 일어난 것이었다.

이 일이 왜 나에게 충격으로 왔냐면 격무에 시달린 것도 아니고, 아무것도 안 하고 놀다가 집에 왔는데도 피곤할 정도로 내 체력이 약해졌다는 의미였기 때문이다. 그리고 아직 어린 애들이 둘이 있고 외벌이인데다가 나이가 들면 들수록 내 체력은 더 약해질 것인데 그럼 애들을 어떻게 먹여 살리지? 하는 걱정이 올라왔다. 사실 그날 이외에도 평소 주말이면 12시간 이상씩 잤으며 그것도 모자라 낮잠까지 잤을 정도로 평소에도 피곤을 잘 느꼈다.

그래서 2021년, 41살이 되자 나는 마침 살도 많이 찌고 해서 다이어트를 시작했다. 식단 관리와 운동(주로 걷기와 등산)을 병행하고 술도 끊었다. 그래서 20kg 정도 감량했으며 2022년 6월부터는 달리기를 하여 2022년 11월에 마라톤 풀 코스까지 완주할 정도로 실력이 늘었다. 그렇게 하니 체력이 많이 좋아졌다. 나이는 더 먹었는데 지금은 30대 때보다 체력이 더 좋아졌다.

정말 체력이 많이 좋아졌다고 느끼는 대표적인 사례가 예전에는 우리 집 뒷산에 7㎞ 구간 정도의 등산 코스가 있는데 불과 1~2년 전까지만 해도 걸어서 올라가는데도 몇 번씩 쉬면서 힘들게 완등했는데 요즘은 뛰어서 올라가고 있다. 그리고 평소에도 예전보다 덜 자고 더 많이 움직이는데도(일주일에 5~6일은 뛰고 있기에) 훨씬 덜 피곤하다. 결국 나이는 숫자에 불과하고, 내가 어떻게 몸을 관리하느냐에 따라 체력은 충분히 어렸을 때보다 좋아질 수 있음을 몸소 느낀 것이다.

그것을 느낀 사례가 또 하나 있는데 2022년 11월에 첫 풀 코스에 도전했을 때였다. 연세가 60~70대 되시는 할아버지들도 풀 코스에 참여하곤 하셨다. 20~30대 친구들도 장기간 훈련하지 않으면 웬만해서는 완주하기 힘든 거리를 60~70대 분들이 달리신 것이다. 게다가 그분들은 나보다 훨씬 빠르게 달리시고(물론 나는 첫 번째 참가라 제일 뒷 그룹에서 달리긴 했지만) 42.125㎞를 완주하셨다. 그

분들을 보면서 인체의 경이로움을 느꼈으며 정말 나이는 숫자에 불과하다는 생각이 들었다.

주변에 나이가 조금 드신 분들에게서 '예전에 나는 이랬는데'라는 말을 많이 듣는다. 그리고 세월에 장사 없다는 생각을 많이 하시는 것 같다. 하지만 그분들도 지금부터 자신이 어떻게 하느냐에 따라 충분히 예전보다 더 건강해지실 수 있다고 믿는다. 그리고 내가 예전보다 체력을 상승시킬 수 있었던 것은 식습관, 운동도 있지만 더 중요한 것이 마인드였다고 생각한다. 자신이 어떻게 하느냐에 따라 더 나아질 수 있다는 믿음이 생기면 효과가 훨씬 좋다는 것을 느꼈기 때문이다.

도전할 때는
실패를 예상하고 과정 속에 포함시키자

크든 작든 어떤 도전을 처음 할 때는 열정이 가득해서 반드시 성공시킬 수 있다고 생각한다. 그래서 아주 빡빡한 루틴을 만들고 철저히 지키려고 한다. 하지만 열정은 시간이 지나면 줄어들게 되어 있고, 기존 습관으로 돌아가려는 관성이 반드시 작용하게 되어 있다.

그러면 루틴이 깨지는 날을 경험하게 된다. 그럼 우리는 어떻게 하는가. 스스로에게 실망하고 화를 낸다. 그리고 다시는 루틴을 깨지 않겠다고 생각한다. 그러나 어떤가? 시간이 지나며 다시 루틴이 깨지게 되고 점점 자신감도 줄어들게 된다. 그리고 스멀스멀 속에서 안 될 거 같다는 불안감이 올라온다. 그 불안감을 억지로 밀어내고 다시 시도해보지만, 첫 번째, 두 번째로 루틴이 깨졌을 때보다 더 짧은 기간 내에 세 번째로 루틴이 깨지고 만다. 그러고 나면 이제는 더 이상 남은 열정도, 자신감도 없어져서 '역시 나는 안 돼'라고 자조하며 포기하고 만다.

왜 우리는 도전에 실패하는가? 그 이유는 역설적으로 실패를 감안하지 않았기 때문이다. 도전할 때 우리는 우리 스스로를 너무 높게 보기에 절대로 실패하지 않을 거라고 생각한다. 그런데 자신이 그렇게 의지가 강한 사람이었다면 지금까지 왜 다른 도전들은 실패했을까? 우리는 자기 자신을 제대로 보고 있지 않다. 그렇다면 어떻게 해야 하는가?

일단 자신을 제대로 보자. 새로운 루틴이나 습관을 만들 때 너무 빡빡하게 만들면 자신이 못 따라간다는 사실을 알자. 우리는 빡빡한 루틴을 만들고 바로 적응해서 지속할 수 있는 수준이 아니다. 그러니 시작할 때는 여유롭게 달성할 수 있는 것부터 시작하고, 그게 적응되면 조금씩 강도를 높여보자.

예를 들어 나 같은 경우, 다이어트를 할 때 처음부터 야채 샐러드만 먹고 운동하겠다고 계획하지 않았다. 예전에 그런 식으로 식습관을 바꾸려 했다가 며칠 못하고 포기했기 때문이다. 그래서 처음에는 식사는 그대로 하고, 운동도 따로 하지 않고 인스턴트 음식만 안 먹기로 했다. 그 정도는 할 수 있었다. 음식량을 적게 먹어야 하는 것도 아니기에 배고플 일도 없었기 때문이다. 이렇게만 해도 1달 동안 3kg이 빠졌다. 하지만 이것도 적응이 되니 더 빠지질 않아 다음 단계로 넘어갔다. 간헐적 단식을 한 것이다. 나는 원래 아침을 안 먹으니 오후 12시~저녁 8시까지만 식사를 하고, 그 외에는 식사를 하지 않았다. 즉 16시간 공복, 8시간 내 식사였다. 물론 인스턴트 음식도 제한했다. 그러자 한 달 내에 추가적으로 3kg이 빠졌다. 하지만 이것도 적응이 되니 더 이상 빠지지 않았다. 그리고 시도한 게 생과일과 생야채만 먹고 운동하는 것이었다. 이미 2달 이상을 다이어트에 대해 몸과 마음을 적응시켰기 때문에 생과일과 생야채만 먹는 다이어트가 그렇게까지 힘들지 않았다. 오히려 그렇게 먹으니 몸에 에너지가 넘쳤다. 그래서 결국 6개월 내에 20kg을 감량했다.

그리고 단계적으로 강도를 높이는 것 외에 한 것이 실패할 것을 예상하고 실패를 과정 속에 넣었다는 것이다. 생과일과 생야채만 먹을 때 고기나, 빵, 튀김 같은 음식들이 정말 먹고 싶었다. 그리고 그걸 억지로만 참지 않고 1주일에 하루, 나중에 살이 많이 빠졌을 때는 이틀 정도 마음껏 내가 원하는 음식을 먹게 해주는 날을 만들었다. 분명 내가 생과일과 야채만 먹다 보면 고기나 인스턴트 음식에 대한 유혹에 넘어갈 것, 즉 실패할 것을 알고 아예 실패할 날을 루틴에 포함시킨 것이다. 이렇게 해도 이 루틴을 못 지키는 날이 올 걸 알고 있었다. 왜냐하면 지난날을 돌이켜봤을 때 내 의지가 그렇게 강하지 않다는 걸 잘 알고 있었기 때문이다. 그래서 루틴이 깨지면 그냥 후회하지 않고 마음껏 먹고 스스로 "잘했어, 그리고 내일부터 다시 하면 돼"라고 긍정적으로 생각했다. 실제로 그 정도까지 한 것만 해도 정말 잘한 것이기 때문이다.

"내가 실패했을 때 그것을 부정적으로 보면 도전 자체를 부정적으로 보는 부작용이 발생한다. 그러면 도전을 지속시킬 수 없다. 실패했을 때도 긍정적으로 봐야 도전 자체를 긍정적으로 보게 되어 도전을 지속시킬 수 있는 것이다."

우리는 작은 습관 하나 바꾸는데도 자주 실패한다. 뭐 대단한 거 할 때만 실패하는 게 아니다. 우리 수준이 그렇다. 뭐 대단한 수준일 줄 알았나? 그러니 도전할 때 항상 실패를 감안하자. 그리고 도전을 계속한다고 생각하면 장기적으로 볼 때 실패도 아니다. 오히려 성공이다. 실패는 우리에게 잠시 동안 휴식과 생각을 전환할 수 있는 기회를 주기 때문에 도전에도 도움이 되기 때문이다.

도전하는 순간에는
그 순간의 목표에만 집중하자

마라톤 풀 코스 완주를 목표로 연습할 때였다. 그날 목표는 38㎞를 달리는 것이었다. 한 번도 38㎞를 달려본 적이 없었기에 당시 나에게는 도전적인 목표였다. 한 5㎞를 달렸을 때, 남은 거리가 아직 33㎞나 되었다. 그리고 10㎞를 뛰었는데 아직 28㎞가 남았다. 그래도 여기까지는 괜찮았다. 15㎞ 구간이 되자 아직 23㎞가 남았다. 하프(21.095㎞)에 도전할 때는 15㎞정도 되면 6㎞ 남았으니 힘내자고 스스로 말할 수 있는 거리였는데, 23㎞가 남았다는 얘기는 앞으로 하프 이상의 거리를 더 가야 한다는 말이었다.

슬슬 심리적인 압박감이 나를 조이기 시작했다. 마음속에서는 “23㎞나 남았잖아. 벌써 힘든데 어떻게 완주하지?”와 같은 회의적인 반응들이 올라오기 시작했다. 21㎞를 넘게 뛰자 몸은 점점 더 힘들어지고, 아직 17㎞ 더 남았다는 사실에 심리적으로 더 큰 압박감을 느끼기 시작했다. 결국 그날은 32㎞까지 뛰고 못 뛰었다. 38㎞라는 거리를 뛸 수 있는 실력이 아직 안 되었던 것도 있지만 심리적 압박감도 분명 한몫을 했다.

너무 먼 목표를 생각하니 당장 엄두가 안 나는 것이다. 체력 싸움을 하기 전에 이미 멘탈 싸움에서 지고 시작하는 것과 같다. 우리는 힘든 목표를 달성해야 한다고 생각하면 일단 부담감부터 느낀다. 왜냐하면 그 목표를 달성하기 위해서 얼마나 힘든 과정을 거쳐야 하는지 알고 있어 그 느낌을 다시 느끼고 싶지 않기 때문이다. 힘든 걸 싫어하는 우리에겐 당연하다.

그렇다면 어떻게 해야 할까? 그 힘든 과정을 최대한 기억나지 않도록 하는 게 key라고 생각한다. 그러니까 내가 38㎞ 뛸 때 지금 몇㎞ 뛰었으니 몇㎞ 남았네 같은 생각을 하지 않는 것이다. 그 몇㎞ 남았네가 자꾸 힘든 기억을 상기시키기 때문이다. 그러니 몇㎞가 남았든 어쨌든 내가 계속 뛰면 상관이 없으니 당장 그 순간의 목표에만 집중하는 것이다. 나 같은 경우는 먼 거리를 달릴 때 이러한 압박감에서 벗어나기 위해 달리는 순간의 목표를 정했다. 예를 들어 ㎞당 7분의 속도로 달리겠다고 말이다. 그러면 나는 ㎞당 7분의 속도로 달리기 위하여 순간 순간 내 달리는 속도를 check하고 너무 느려지거나 너무 빨라지지 않게 조정하는 데 집중하게 된다. 그 목표에만 집중하게 되면 어느새 목표지점에 다다르게 되는 것이다.

달리기뿐만 아니라 다른 목표를 달성할 때도 마찬가지 아닐까? 만약에 예를 들어 오늘 하루 8시간 공부하겠다고 마음을 먹었다면 시간이 지날 때마다 몇 시간 남았네 하고 생각하면 8시간이 부담이 된다(8시간 공부하는 게 얼마나 어려운데!). 하지만 만약에 그보다 더 단기적인 목표를 정해서, 영어 공부를 한다면 당장 내 눈앞에 보이는 영어 문장을 암기하겠다는 목표를 정하고 거기에 집중한다면 시간은 어느새 지나간다.

스스로에게 큰 부담감을 주지 말자. 우리는 조금만 힘들어도 부담감을 갖는 존재이다. 그러니 부담감을 덜어주는 방법을 생각해서 적용해보자. 그럼 부담감을 갖게 했던 목표가 달성될 가능성이 높아진다.

나를
하나의 게임 캐릭터로 보자

바둑을 둘 때 자신이 직접 두는 것보다 옆에서 볼 때 자신의 실력보다 더 수를 잘 보는 경우가 있다. 왜 그럴까? 한 발짝 뒤에서 보기 때문이다. 자신이 바둑을 둘 때는 승패에 연연하기 때문에 시야가 좁아진다. 시야가 좁아지는 것은 결국 적은 수의 경우만 보게 만들어 자신이 쓸 수 있는 수가 적어지는 결과를 낳는다. 주식투자를 할 때도 마찬가지다. 자신의 돈이 아니라 가상의 돈으로 주식투자를 하면 대부분 이익을 얻는다고 한다. 하지만 자신의 돈으로 할 때는 전혀 다른 결과가 나온다. 왜 그럴까? 자기라는 협소한 자아 안에 갇히기 때문이다.

자아의 갇힌다는 의미는 나, 내 것, 내가 하는 거 등 나에 대한 관념에 빠져 있다는 의미이다. 그래서 나는 게임에 꼭 이겨야 하고, 내 돈은 반드시 잃으면 안 되고, 더 많이 따야 하고, 내가 하는 것은 무조건 잘해야 한다. 이런 생각이 나를 지배해버리니 그와 반대되는 상황이 오기라도 하면 질까 봐, 돈을 잃을까 봐, 못할까 봐 금방 이성을 잃고 두려움에 잠식되고 만다. 하지만 내가 아닌 나와 아무 상관 없는 다른 사람을 볼 때는 어떨까? 그 사람이 지든, 돈을 잃든, 못하든 나는 크게 상관없기에 마음에 동요 없이 객관적으로 상황을 볼 수 있게 된다. 그러면 모든 것이 선명하게 보여 그 사람이 왜 졌는지, 아니면 왜 이겼는지, 왜 돈을 잃었는지, 왜 돈을 벌었는지를 명확하게 볼 수 있게 된다.

만약 우리가 우리 스스로를 하나의 게임 캐릭터를 보듯이 보면 어떻게 될까? 그럼 나에 대한 집착이 없어지고 게임 캐릭터가 겪는 일에 대해서 그렇게 심각하게 생각하지 않게 되고 캐릭터에 능력이나 성격 성향 등을 더 객관적으로 보게 될 것이다. 나를 객관적으로 본다는 것은 내 능력과 한계를 명확하게 알고, 그리고 그 능력을 키우고 현재 한계를 넘을 수 있는 훈련이나 방법을 정확하게 제시할 수 있다는 의미이기도 하다. 우리는 정말 자신의 한계를 넘을 수 있다. 우리가 지금까지 우리의 한계를 넘을 수 없었던 이유는 자신의 능력과 성향을 정확하게 알지 못해 자신에게 맞지 않는 방법을 선택했기 때문이다. 게다가 그 방법 또한 내가 생각한 게 아니라 남들이 말한 것을 아무 생각 없이 받아들이고, 또한 그들이 제시한 방법도 자신에게 편하거나 유리한 대로 해석해서 받아들이고 있어 점점 더 자신의 목표와는 거리가 멀어진다.

하지만 자신을 하나의 게임 캐릭터라고 생각한다면 우리는 자유롭게 다양한 실험과 시도를 해보고 그중에서 자신과 맞는 것을 찾아낼 것이다. 우리가 스스로에게 다양한 실험과 시도를 안

하는 이유 중 하나가 실패에 대한 거부감 때문이다. 하지만 이렇게 생각할 때 나는 게임 캐릭터에 불과하니, 실패를 하더라도 크게 상관이 없어지는 것이다.

그럼 나를 어떻게 게임 캐릭터로 볼 수 있을까? 하는 질문이 남아 있다. 나를 게임 캐릭터로 보려면 우리의 삶이 한 번이 아니라 영원히 지속된다는 점을 이해해야 한다. 계속 기회가 주어지니 우리는 그 기회들 속에서 다양한 시도를 할 수 있게 되는 것이다.

내가 어떻게 될까 봐 조마조마해 하는 삶보다는 더 재미 있을 거 같다. 삶이 고난의 연속이 아니라 하나의 놀이터가 되는 것이다. 그저 자신을 관찰자 입장에 보기만 하자.

익숙하지 않고 불편한 것들이 나를 Next Level로 데려간다

노화의 종말이라는 책을 보면 우리가 공복 상태를 유지하거나 추위에 노출된다든가 강도 높은 운동을 할 때 우리의 몸은 더 강해진다고 한다. 몸이 스트레스를 받으면 내부의 특정 세포가 우리 몸의 생존을 위하여 몸을 더 강하게 해준다는 것이다. 즉 우리가 보통 좋아하지 않고 불편해하는 것들이 우리의 몸을 병들지 않고 건강하게 해준다는 것이다.

우리의 두뇌를 좋게 하는 방법도 마찬가지다. 예전에 두뇌 관련 책을 읽은 적이 있는데 우리의 두뇌를 좋게 만드는 방법은 1위가 운동이고 2위가 외국어 공부였다. 운동이 두뇌에 좋은 이유는 몸을 움직일 때 두뇌의 가장 많은 부위가 자극이 되기 때문이며 외국어가 두뇌에 좋은 이유도 이와 마찬가지이다. 가만히 누워 있거나 한국말을 사용하는 게 편하지, 운동이나 외국어 공부는 불편하다. 불편함이 뇌를 더 성장시켜주는 것이다.

나는 달리기할 때 이런 것을 많이 느끼는데, 어느 정도 오래 달리기 시작하면 내가 전혀 익숙하지 않은 느낌들, 예를 들어 다리가 아프고 숨이 차고 몸에 에너지가 거의 고갈되고 힘든 느낌을 받는다. 내가 이런 느낌을 자주 받을수록 내 달리기 실력이 늘어난다. 달리기뿐일까? 공부든 일이든 모두 마찬가지일 것이다.

하지만 우리는 익숙하지 않고 불편한 것들에 반감을 가지고 있고 피하고 싶어 한다. 일단 익숙하지 않은 느낌을 느끼면 두려운 생각들이 일어난다. 달리기를 예로 들면 다리가 아프면 부상당할까 봐 두려워하고 숨이 차면 혹시 쓰러질까 봐 걱정한다. 아주 추운 날씨에 몸을 벌벌 떨고 있으면 혹시 동상이나 감기에 걸리지는 않을지 걱정한다. 익숙하지 않고 불편한 느낌은 그냥 하나의 느낌인데도 온갖 근심 걱정이 올라온다. 그래서 우리는 익숙하지 않거나 불편한 것들을 싫어한다.

하지만 이것들이 나를 한 단계 더 업그레이드할 수 있게 해주는 열쇠임에는 분명하다. 그럼 어떻게 하면 좋을까? 내가 만약에 한 단계 더 앞으로 나가고 싶다면 (성장하고 싶다면) 그런 느낌들을 미지의 탐험을 즐기듯 반가워하고 좋아하는 수밖에 없다. 만약 자신이 원하는 만큼 성장하고 싶다면 내가 무엇에 익숙하지 않고 불편해하는지 살펴보고 그 느낌을 자주 받는 상황 속으로 들어가는 게 도움이 될 것이다. 그리고 웬만하면 단계적으로 접근하자. 갑자기 너무 익숙하지 않고 너무 불편한 상황에 들어가면 안 좋은 기억이 강하게 뇌리에 박혀 다시는 하고 싶게 되지 않기 때문이다.

우리의 정신과 육체는
쓰면 쓸수록 강해진다

마라톤 중에 '울트라 마라톤'이라고 있다. 보통 마라톤은 10㎞, 하프(21.0975㎞), 풀코스(42.195㎞) 코스로 되어 있지만 울트라 마라톤은 50㎞부터 시작하여 100㎞, 200㎞, 300㎞가 넘는 거리까지 있어 코스도 굉장히 다양하다.

마라톤 풀 코스 완주하기도 힘든데, 50㎞에서 시작해 100㎞, 300㎞ 이상이라니 도대체 울트라 마라토너들은 어떻게 된 사람들일까? 그리고 그렇게 뛸 수 있을 때까지 얼마나 달린 것일까?

나의 경우 2022년 11월에 처음 마라톤 풀 코스를 완주 했는데 풀 코스 완주를 위해 6개월간 1,200㎞를 넘게 뛰었다. 마라톤 풀 코스 완주를 위해 풀 코스 거리의 30배 가까이 뛴 것이다. 물론 사람마다 신체조건, 재능, 다른 종목의 운동경력이 다르기 때문에 꼭 그렇다고는 할 수 없지만 내 경우를 기준으로 봤을 때 100㎞를 뛸 수 있는 사람은 단순 계산으로 그 거리의 30배인 3,000㎞ 이상을 뛴 것이다. 말이 3,000㎞지 서울에서 부산까지의 거리가 약 390㎞니 대략 7~8번 갈 수 있는 거리를 뛴 것이다. 아주 당연한 얘기지만, 많이 뛰면 뛸수록 더 잘 달릴 수 있게 되는 것이다.

육체뿐만 아니라 정신도 마찬가지다. 창의적인 일들, 글쓰기, 그림그리기 등등을 더 많이 할수록 우리의 정신은 더 창의적으로 성장하며 정신을 집중하는 시간을 늘리면 늘릴수록 몰입할 수 있는 능력이 성장한다. 또한 자신의 한계들을 넘어서는 경험을 많이 하면 할수록 정신은 더욱 강해진다.

이렇게 우리의 육체와 정신은 많이 쓰면 쓸수록 더욱 강해진다. 그런데 우리는 이것을 거꾸로 알고 있다. 적당히 해야 한다고 생각한다. 적당히 운동하고 적당히 공부하고 그래야 육체와 정신에 무리가 없다고 생각하며 운동할 때는 쉴 때를 생각하고 공부할 때는 놀 때를 생각하고 있다. 우리에게 회자되는 많은 성공한 사람들을 보라. 그들이 적당히 하는 것을 본 적이 있나. 적당히 한다는 것은 자신의 육체나 정신에 한계선을 긋고 그 안에서만 정신과 육체를 사용하겠다는 말이다. 그렇게 하면 자신의 잠재력을 확인할 수 없다. 단지 남들만큼만 하게 된다. 물론 남들처럼만 살고 싶다면 그것도 좋은 방법이라고 생각한다. 하지만 만약에 지금까지의 나와 내 주변 사람들 이상을 하고 싶다면 자신의 육체와 정신을 더 쓰는 게 도움이 된다고 생각한다.

특히 현대사회처럼 모든 게 자동화되어 있는 삶에서는 우리의 육체나 정신은 우리가 덜 써서 약한 거지, 더 써서 약해지지 않는다. 우리의 육체와 정신은 수백만 년 동안 수렵과 채집 생활을 하며 완성된 것이다. 상상해보자. 그때는 수렵과 채집을 해야 했기 때문에 종일 움직이고 다녔다. 지금처럼 사람들이 움직이지 않는 시간은 인류의 역사상 아주 적은 시간에 불과하다. 그렇기 때문에 현대사회의 사람들이 갈수록 비만이 늘고 병은 더 많이 걸리고 있는 것이다.

육체와 정신은 우리에게 무한한 가능성을 체험하게 해주는 파워풀한 도구들이다. 그런데 우리는 이 파워풀한 도구를 거의 사용하고 있지 않다. 나도 거의 사용하지 않다가 최근에야 운동과 글쓰기, 영어 공부 등을 통해 조금씩 사용을 늘리고 있다. 돈도 많이 벌고 싶고 성공도 하고 행복해지고 싶다면 자신의 정신과 육체를 계속 사용하자. 나는 그 안에서 내가 원하는 모든 것을 얻을 수 있다고 생각한다.

나의 수준은 정확히 보고 내 잠재력은 높게 보자

우리의 현재 수준이 낮다고 해서 우리의 잠재력마저 낮은 건 아니다. 오히려 우리의 잠재력은 무한하다. 하지만 우리는 이것을 거꾸로 생각하고 있다. 즉 자신의 현재 수준을 높게 보고 자신의 잠재력은 낮게 보고 있는 것이다. 그러다 보니 목표를 세우고 도전할 때 처음부터 목표와 실행 계획을 너무 높게 잡는다. 그래서 얼마 안 가 목표를 포기하고 만다. 그렇게 목표가 실패하게 되면 스스로 자신에게는 여기까지가 한계이며 그 이상은 도저히 무리라고 생각한다.

목표를 이루려면 마땅히 거꾸로 해야 한다. 우선 자신의 현재 수준을 명확히 파악해야 한다. 그렇다면 어떻게 자신의 수준을 명확히 파악할 수 있을까? 그건 자신의 과거 경험을 통해 알 수 있다. 특히 실패했던 경험들이 많은 도움이 된다. 예를 들어 나 같은 경우 2021년 다이어트를 할 때 예전에 건강을 위하여 식단을 조절하려다가 실패했던 경험이 도움이 됐다. 그때는 식단 조절을 갑자기 아주 강도 높게 시작했다. 어제까지는 내키는 대로 먹다가 오늘부터는 모든 인스턴트 음식, 고기를 끊고 밥하고 야

채, 과일만 먹으려 한 것이다. 그러다 보니 담배를 끊으면 금단 증상이 있듯이 인스턴트 음식, 고기 금단 증상이 생겼다. 종일 먹을 것이 생각났는데 가뜩이나 길거리를 지나다니면 대부분이 음식점이라 더 미칠 것 같았다. 결국 며칠 만에 포기하고 말았다. 이렇게 같은 방법으로 식단 관리를 하려다가 실패를 여러 번 했는데 그 경험들을 보니 내 열정과 의지는 초반 며칠만 강하고, 대략 2~3일만 지나도 금방 열정과 의지가 꺾인다는 것을 알게 된 것이다. 그리고 초반부터 너무 강하게 밀어붙이면 마치 관성처럼 반대되는 (내 경우는 식탐의 욕구가) 에너지가 같은 강도로 밀려드는데 내가 그걸 견딜 만한 힘이 없다는 것을 인정한 것이다. 그래서 나는 2021년 다이어트할 때는 단계적으로 강도를 높이고 치팅 데이를 일주일에 1~2일을 주며 내 마음과 몸이 다이어트에 적응할 시간과 내 식탐을 주기적으로 풀 수 있는 날을 정한 것이다. 그렇게 해서 6개월 20kg을 감량할 수 있었다.

이렇게 자신의 수준을 명확히 알고 그 수준에 맞는 목표와 실행 계획을 세웠다면 이제 잠재력 차례이다. 잠재력을 높이 본다는 것은 무슨 의미일까? 그것은 두 가지 면에서 도움이 된다.

첫 번째는 우리가 목표 달성에 실패했을 때이다. 다이어트 얘기로 돌아가서 다이어트를 할 때 대부분 일정 기간 동안 몇kg을 빼겠다는 목표가 있을 것이다. 그런데 그 목표를 달성하지 못했을 때 어떤 느낌이 들까? 특히 이전과 비교해서 전혀 몸무게가 줄지 않았을 때는? 왠지 이러다가 노력은 계속하는데 목표는 영원히 달성하지 못할 거 같은 두려움이 든다. 여기까지가 내 한계인가 하고 생각하며 노력의 끈을 놓고자 한다. 왜 이렇게 생각하는 걸까? 우리는 은연중에 우리에겐 도저히 넘을 수 없는 한계가 분명히 있다고 생각하기 때문이며 또한 그 한계가 어디까지인지 도전해본 적이 거의 없기 때문에 계속 성장하다가 갑자기 멈추면 성급하게 여기가 내 한계라고 생각하는 것이다. 하지만 만약에 내 잠재력이 무한하다고 믿는다면, 당장의 멈춤은 내실을 다지며 더 높은 성장을 준비하기 위한 과정으로 생각할 수 있게 해준다. 그래서 자기 믿음으로 인내하며 상황이 변할 때까지 기다릴 수 있는 것이다.

두 번째는 우리가 목표 달성에 성공했을 때이다. 만약 내 목표가 토익시험 700점이었다고 해보자. 그리고 마침내 토익 700점을 넘겼다. 그런데 내가 필요한 점수는 800점이라고 해보자. 그러면 여기서 멈출지 말지 고민을 하게 될 것이다. 만약 여기가 내 한계이고 더는 더 높은 점수를 받을 수 없다고 생각한다면 포기할 것이지만, 만약 700점은 내 한계가 아니며 내가 더 열심히 공부한다면 800점 이상도 가능하다고 생각한다면 계속 도전하여 더 높은 점수를 받기 위하여 더 열심히 공부를 할 것이다. 즉 내 잠재력에 한계가 없다는 생각은 성장을 지속시켜준다.

그러기에 내 수준을 정확하게 보면서 내 잠재력이 무한하다는 것을 아는 것은 1. 현재 자기 수준의 맞는 목표와 실행 계획을 수립할 수 있게 해주며 2. 잠깐 실패했다고 해서 좌절하지 않고 목표를 향해 계속 도전하게 만들고 3. 달성된 목표보다 더 높은 곳을 향해 나아가도록 해준다.

현재의 한계를 알아야
미래에 한계를 넘을 수 있다

어떤 면에서 우리는 굉장히 단순하다. TV든 책이든 유튜브든 성공한 사람이 나와서 "우리에겐 한계란 허상이며 실제 한계는 없습니다"라고 말하면 그 말에 감동을 받는다. 그리고 "그래, 맞아. 나에게 한계가 없지"라고 생각하며 뭐든지 할 수 있을 거 같은 기분이 든다. 그래서 그 말을 믿고 도전을 하다가 한계를 만나면 어떻게 생각하나? "그럼 그렇지. 성공한 사람들이나 한계가 없다고 생각할 수는 있어도 나같이 평범한 사람은 한계가 없을 수가 없지"라고 생각하며 당장 도전을 포기한다.

사실 한계가 없다는 말은 한계가 있다는 말과 같다. 무엇인가가 없기 위해서는 무엇인가가 반드시 있어야 하기 때문이다. 예를 들어 보자. 내가 만약에 '나는 돈이 없어'라고 말한다면 돈이란 것이 있기 때문에 우리는 돈이 없는 것을 안다. 만약 돈이란 것 자체가 없었다면 우리는 돈이 있는지 없는지 모른다. 앞이 있으면 뒤가 있듯이 없는 게 있다면 있는 게 있는 것이다. 그래서 한계가 없다는 말은 한계가 있음을 뜻한다.

그렇다면 성공한 사람들은 왜 한계가 없다고 말하는 것일까?

그건 자신이 한계를 체험하고 그 한계를 넘었기 때문에 한계란 게 없다고 생각한 것이다. 즉 한계가 있음을 먼저 체험한 뒤 실제로는 한계가 없음을 체험한 것이다. 마라톤을 예로 들어 보면 나는 한때 30㎞를 달리는 게 내 한계라고 생각했다. 왜냐하면 대략 30㎞를 가면 온몸에 힘이 다 빠져서 도저히 더 달릴 수가 없었기 때문이다. 그렇기에 그 당시에는 30㎞가 내 한계가 맞았다. 하지만 연습을 거듭하다 보니 30㎞ 이상을 달릴 수 있게 되었다. 즉 이제는 더 이상 30㎞가 내 한계가 아닌 것이다. 그러니 30㎞란 한계는 이제 나한테 없는 것이다. 이것은 우리에게 무슨 의미를 줄까?

"한계를 넘고 싶다면 우선 한계를 체험해야 한다"라는 의미이다.

어떻게 보면 굉장히 당연한 얘기이다. 내가 저 허들을 넘고 싶다면 반드시 허들이 있어야 한다는 얘기와 같기 때문이다. 하지만 이렇게 당연한 얘기를 우리는 평소 생활에서 실천하고 있을까?

현실은 우리 모두는 자신의 한계를 넘는 체험을 하고 싶어 하지만 자신의 한계에 맞닥뜨릴까 봐 두려워한다. 그래서 우리는 자신의 한계를 만나면 자주 포기하는 것이다. 자신의 한계를 만나는 느낌은 자신에 대한 자신감을 떨어뜨린다. 자신감의 하락은 사람을 불안하게 만든다. 그래서 한계까지 가지 않고 자신의 현재 능력 안에서 쉽게 성취할 수 있는 일을 골라 하고 그것을 통해 자신감과 안정감을 느끼고자 한다. 그래서 사람들은 대부분 자신의 현재 한계가 어디인지 모른다. 만약 자신이 현재의 바운더리 안에서 사는 게 행복하다면 지금까지의 방식에는 아무런 문제가 없다. 다만 자신의 한계를 넘어 계속 성장하고자 하는 사람이 있다면 현재 방식을 바꾸는 게 도움이 된다.

그리고 그러기 위해 첫 번째로 해야 할 일이 자신의 현재 한계를 확인하는 것이다. 그러면 이미 자신의 한계를 넘을 준비가 반은 되었다고 생각한다.

4부

스스로 생각하지 않는 우리, 최소한 이것만은 생각해보자

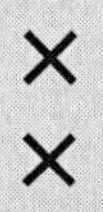

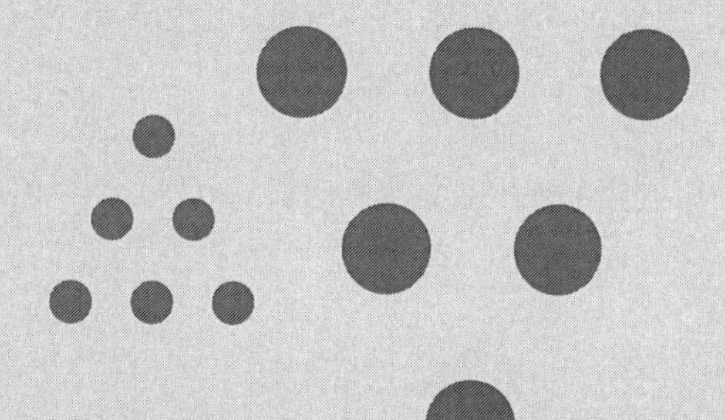

이 장에서는 우리가 행복하고 질적으로도 향상된 삶을 살기 위해서 생각해봐야 할 최소한의 질문들과 그 질문들에 대한 나의 생각을 적은 것이다. 해당 질문들을 보면 알겠지만, 정답은 없다. 각자 자신의 생각만이 존재할 뿐이다. 그렇기에 내가 적은 글들은 그저 내 생각일 뿐이다. 다만 자신과 같이 지극히 평범한 사람이 이러한 주제에 대해서 어떤 생각을 가지고 있는지 안다면, 자신 스스로도 이 질문에 대해서 어떤 생각을 가질지에 대하여 조금은 힌트가 될지도 모른다고 생각한다. 그러니 내 글을 읽어보고 스스로도 자신만의 답을 생각해보자. 그리고 이글을 특정 종교적으로 접근하지 않았으면 좋겠다. 나는 어렸을 때 성당을 다니기는 했지만 도가 사상이나 불교, 성경 등 특정 종교에 얽매이지 않고 두루 관심을 가졌다. 왜냐하면 진리는 종교와 상관없이 통한다고 생각했기 때문이다. 그러니 진지하되 너무 심각하게는 접근하지 않고 가벼운 마음으로 편안하게 읽었으면 한다.

신이란
무엇인가?

이 장을 읽기 전에 만약 자신이 무신론자이고 신이 있다고 말하는 것을 참고 들을 수 없다면 이장은 읽지 않아도 좋다. 다만 무신론자여도 신이 있다고 믿는 사람이 어떤 애기를 하는지 알고 싶다면 가벼운 마음으로 읽는 것을 권한다.

신이란 무엇인가? 이것을 정의한다는 것은 나에게 상당히 버거운 일이다. 아니 애초에 불가능하다. 왜냐하면 현재 내 의식 수준이 신을 정확하게 정의할 수 있을 만큼 높지 않기 때문이다. 그럼에도 불구하고 나는 이 어려운 정의에 도전하려고 한다. 왜냐하면 나 자신만의 신에 대한 기준이 없다면 앞으로 있을 질문에 대한 내 생각들이 일관성 없이 뒤죽박죽이 될 가능성이 크기 때문이다. 그만큼 이 질문이 앞으로 전개할 내 생각들에 가장 근간이 되는 질문이다. 그러므로 신에 대한 나의 정의가 맞다고 얘기한다기보단 내가 알고 느끼는 만큼만 정의하고 있다고 생각해주면 좋겠다. 마치 큰 코끼리가 있는데 나는 오직 다리만을 볼 수 있어서 코끼리의 다리만을 기술하는 셈이다. 하지만 나는 코끼리의 다리가 코끼리의 전부가 아님을 알고 있다. 내가 모르는 무언가가 더 있다는 것을 안다. 그렇기에 지금은 내가 코끼리의 다리만 볼 수 있으니 다리라도 기술하고 나중에 내 시야가 넓어지면 그때 다시 내 정의를 넓히면 된다고 생각한다.

그럼 코끼리의 다리를 기술해보자. 내가 알고 있는 신은 모든 것이라는 거다. 우리가 보는 모든 물질들, 나무, 꽃, 아파트, 옆집 이웃, 비, 눈, 똥, 보이는 건 하나도 빠짐없이 모두 죄다 신이다. 어떻게 그럴 수 있나? 모든 것이 신의 창조물이자 신 그 자체이기 때문이다. 신은 사람의 형상을 하고 우주 어느 행성의 왕좌에 앉아 "에헴"하고 권위 있는 척하는 어떤 개별적인 모습이 아니다. 신은 순수의식이며 순수 에너지이다. 물질의 기본단위인 원자는 원자핵과 전자로 이뤄져 있다. 하지만 원자의 대부분 99% 이상은 그냥 빈 공간이다. 하지만 빈 공간이라고 해서 아무것도 없는 게 아니다. 우리가 빈방에 있다고 해서 그 안에 아무것도 없는 게 아니라 공기로 가득 차 있듯이 원자의 빈 공간은 에너지로 가득 차 있다. 그리고 원자핵과 전자도 결국 에너지다. 이 이야기는 모든 만물이 모두 에너지라는 의미이다. 앞에서 신은 에너지라고 했으니 만물이 에너지라는 의미는 곧 만물 또한 신이라는 의미다.

그럼 눈에 보이지 않는 생각, 감정 같은 것은 무엇일까? 그것 또한 에너지 즉 신이다. 우리는 생각, 감정이 에너지라는 것을 본능적으로 잘 알고 있어서 어려운 문제에 대해서 생각을 많이 했거나 격한 감정을 표출하고 나서 "아 오늘 기운(에너지)을 너무 많이 썼어"라고 하거나 "오늘 기운(에너지)이 바닥났어"라고 말하는 것이다.

하지만 어쩌면 누군가는 나에게 이런 어려운 질문을 할지도 모른다.

"신이 에너지라는 것을 어떻게 증명할 수 있죠?"

물론 나는 증명할 수 없다. 그동안 수많은 세월 동안 종교도 증명하지 못했고, 하물며 이렇게 발전한 과학도 증명하지 못한 일을 내가 어떻게 증명할 수 있을까? 나는 그저 신에 대한 여러 이야기와 가설들 중에서 이 가설이 가장 합리적이라고 느끼며 이 가설로 많은 의문이 해결됐기 때문에 나는 그렇게 믿고 있다.

이렇게 눈에 보이는 것, 그리고 보이지 않는 것 모두가 신이라면 그럼 아름답지 않고 선하지도 않은 것도 모두 신이라는 얘기일까? 예를 들어 범죄자나 파괴적인 생각, 감정들 말이다. 나는 이 부분이 신을 정의할 때 가장 어렵고 난해한 부분이라고 생각한다. 왜냐하면 머리로는 받아들이고 있으나 가슴으로는 아직 받아들이기 힘든 부분들이 있기 때문이다.

우선 머리로 이해한 부분을 말하자면 범죄자 또한 신이다. 그들의 진정한 역할을 이해한다면 알 수 있다. 우리는 선을 체험하기 위하여 악을 체험한다. 오직 세상에 선만 있다면 선을 알 수 없기 때문이다. 선에 반대되는 개념인 악이 존재해야 선을 알 수 있는 것이다. 마치 온통 하얀색으로 뒤덮인 방에서 태어나 방에서만 자랐다면 하얀색이 하얀색인지 모른다. 왜냐하면 오직 하얀색만

이 있기 때문이다. 하지만 그때 누군가가 방문을 검은색으로 칠한다면 그제야 하얀색을 검은색과 대립하는 색으로 인지할 수 있게 된다. 그렇기에 범죄자들은 우리에게 악을 체험함으로써 선을 알 수 있게 해주는 역할을 하는 것이다. 물론 그들이 의식적으로 그렇게 한 것은 아니다. 무의식적으로 그들 영혼의 안내에 따라 그렇게 한 것이다. 의식적으로 했든 무의식적으로 했든 선에 대한 앎에 도움을 주고 있으니 결국은 그들 또한 선이며 신은 선이기에(사랑이기에) 그들 또한 신이다. 그래서 예수 그리스도가 '너희 원수마저 사랑하라'라고 말하고 자신을 십자가에 못 박은 사람들을 위하여 기도한 것이 바로 이 때문이 아닐까 생각한다.

하지만 실제 생활에서는 어떨까? 내가 머리로 이해했다고 온몸으로도 이 사실을 받아들이고 있을까? 아니다. 내 수준은 나에게 피해를 준 것도 아니고, 단지 내 의견과 다르게 냈다는 이유만으로도 화가 날 때도 있으며 또한 조금만 나에게 피해를 줬다고 느껴지면 위에서 말한 고상한 생각들은 온데간데없어지고 화가 마음속에서 무지막지하게 올라오는 수준일 뿐이다. 이 정도 수준인 내가 과연 나에게 범죄를 저지른 사람을 이해하고 더 나아가 선을 알 수 있게 해주어 감사하다고 생각할 수 있을까?

이런 경지는 나의 현재 상태론 불가능하다. 위에서 말한 정도의 경지에 이르려면 부단한 노력과 시간이 수반되어야 한다고 생각한다. 그 시간은 몇 생애 또는 몇십, 몇백 생애가 될 수도 있다.

그렇다면 분노 미움, 질투 등과 같은 부정적인 생각, 감정은 어떠할까? 부정적인 생각, 감정 또한 범죄자들과 마찬가지다. 우리가 행복한 감정을 알려면 불행한 감정을 느껴야 하고 즐거운 감정을 알려면 괴로운 감정을 느껴야 한다. 결국 우리의 긍정적인 감정을 알게 해주는 고마운 존재라는 것이다. 물론 부정적인 감정도 범죄자와 같이 온몸으로 받아들이고 있지는 못하고 있다. 다만 이 사실을 앎으로써 그 방향으로 조금씩 나아가고 있을 뿐이다.

모든 것이 신이긴 하지만, 여기에는 두 가지 종류의 신이 있다. 하나는 신이 원래의 본성이고 하나는 신이 만들어낸 가짜이다. 『신과 나눈 이야기』란 책에 따르면 신의 본성은 사랑이며 태초에는 사랑밖에 존재하지 않았다고 한다. 그래서는 신이 자신을 알 수 없었기에 자신과 반대되는 '두려움'이라는 것을 창조했다고 한다. 두려움이 가짜이기는 하지만 결국 신이다. 왜냐하면 두려움도 신의 에너지로 만들어졌기 때문이다. 마치 황금으로 똥 모양을 만들고 겉에 똥색을 칠하여 똥처럼 꾸몄지만 결국 본모습은 황금인 것처럼 말이다. 사랑이라는 에너지에 약간의 변형만을 가한 것이다. 그냥 괴물 탈을 쓴 것이지 속에는 천사가 웃고 있는 것과 같다.

예를 들어 보자. 내가 만약에 병에 걸릴까 봐 두려운 감정이 든다면 이 감정은 나에게 건강한 음식을 섭취하고, 운동하고, 마음의 안정에 집중하라는 신호를 준 것이다. 만약 화가 났다면 내가 화가 난 이유를 잘 확인하라는 이야기이다. 누군가 내 의견에 반대할 때 화가 났다면 내가 너무 내 의견을 고집하고 있다는 의미이니 앞으로는 조금만 더 마음을 열고 다른 사람의 의견도 경청하라는 뜻일 수 있다. 분명 두려움과 화는 부정적인 에너지에 속하지만, 우리가 어떻게 사용하는가에 따라 긍정적인 역할을 할 수 있다.

이렇듯 신은 모든 것이요 사랑이기에 모든 것 또한 사랑이다. 두려움조차도 사랑이다. 그래서 우리가 모든 것을 긍정적으로 보는 게 살아가는 데 도움이 되는 이유가 여기에 있다. 그렇다면 신에 대하여 이 정도로 안다는 것은 우리 삶에 어떤 의미가 있는 것일까? 어떤 대단한 의미가 있는 것은 아니다. 다만 삶을 조금 더 긍정적으로 받아들이게 해주고 조금 더 사랑할 수 있게 해준다. 나는 여기서 '완전히'라는 말 대신 '조금 더'란 단어를 사용했다. 왜냐하면 갑자기 내 삶의 모든 부분을 긍정적으로 바라보고 사랑하라는 것은, 우리 수준 저 멀리에 있는 구름과 같은 이야기이기 때문이다. 아직 동네 뒷산을 오르는 사람에게 에베레스트산을 오르라고 하는 것과 같은 말이기 때문이다. 그리고 나는 그 '조금 더'를 하기 위하여 아래와 같은 연습 방법을 제시하였다. 나 스스로 아래와 같이 꾸준히 일상생활에서 연습을 하고 있으며, 사실 다른 사람들도 알게 모르게 이렇게 하고 있는지도 모른다. 다만 이제는 의식적으로 해보자는 것이다. 나는 이 연습을 통해 부정성이 예전보다는 많이 개선되었다(물론 여전히 부정적인 생각, 감정이 많다. 적게는 몇십 년, 길게는 전생에서까지 이어온 부정적인 생각 습관이 단기간에 개선될 거라고는 생각하지 않는다. 그래도 점차 나아지고 있음에 감사할 따름이다).

[삶을 긍정적으로 보기 위한 연습 방법]

우리는 이원적인 세계에서 살고 있기 때문에 무엇이든 한 쌍이 되는 에너지가 존재한다. 그렇기 때문에 어떤 일이든 긍정적인 면과 부정적인 면이 존재한다. 단지 우리는 우리의 판단에 의해서 어떤 일에는 부정적인 면을, 어떤 일에는 긍정적인 면을 볼 뿐이다. 그 말은 우리가 사물을 어떻게 보느냐에 따라 긍정적인 부분만을 볼 수도 있고 부정적인 면만을 볼 수도 있다는 이야기이다. 그런데 우리는 사물을 볼 때 상당히 많은 부분 부정적인 면에 초점을 두고 있다. 그래서 현재 부정적인 면을 보고 있는 것들 중에서 긍정적인 면을 살펴보는 연습을 제안한다. 많이도 필요 없다. 하루에 1~2가지 정도면 족하다. 그리고 따로 시간 내서 내가 부정적으로 보는 것들을 생각할 필요도 없다고 생각한다. 그냥 일상생활을 하다가 자신이 생각했을 때, 부정적인 일이 발생했을 때, 그 일에 대하여 긍정적인 면을 잠깐 생각해보자. 그거면 족하다.

시간이 더 있다면 긍정적으로 생각했던 것을 휴대 전화에 적어둔다. 이렇게 매일 3개월만 해도 자신이 상당히 긍정적인 사람이 되었음을 느낄 것이고, 1년을 하고 2년을 하면 주변에서 사람이 완전히 달라졌다는 말을 들을 수 있을 것이다.

나는 무엇인가?
인간은 무엇인가?

나는 무엇인가? 인류는 오랫동안 이 질문을 해왔고 많은 사람들이 자신들 나름에 답을 찾아왔다. 그리고 그들의 답이 모두에게 답이 아니듯 나 또한 자신에 대한 정의를 정답이라는 것을 찾으려고 하는 게 아니다. 그저 내 나름에 정의를 내리고 싶고 그것들이 어쩌면 이 글을 읽는 사람들에게 스스로 자신에 대하여 정의를 내릴 때 도움이 될지도 모른다고 생각이 들었기 때문이다.

나는 앞서 신은 모든 것이라고 하였다. 모든 것 안에는 나 또한 포함되어 있기에 나도 신이며 신의 일부라는 얘기가 된다. 그리고 우리는 신의 능력을 부여받았다. 신의 능력이란 무엇인가? 말 그대로 전지전능하다. 그럼 우리도 전지전능하다는 얘기일까? 이렇게 안 되는 게 많은데? 물론 현재 우리의 수준에서는 전지전능하지 않다. 다만 전지전능해질 수 있는 잠재력을 가지고 있다. 현재의 능력과 잠재력은 구분해서 봐야 한다. 다만 우리가 너무 오랫동안 자신의 잠재력을 사용하지 않아서 사용하는 방법을 모를 뿐이다. 태어날 때부터 새장에서 자란 새는 자신이 날 수 있다는 사실을 모른다. 그래서 새장에서 풀어주어도 멀리 날아가지 못한다. 우리의 현재 상황이 그렇다.

우리에게는 우리 자신의 현실을 창조할 수 있는 능력이 있다. 그렇기에 우리는 창조자이다. 우리의 창조력은 『신과 나눈 이야기』, 『시크릿』 등 영성을 다룬 여러 책에 따르면 우리 자신의 생각, 말, 행동으로 발현된다고 한다. 우리가 계속 부정적인 생각과 말과 행동을 한다면 계속해서 부정적인 현실이 창조될 것이고 긍정적인 생각, 말, 행동을 한다면 긍정적인 현실이 창조된다는 원리이다. 정말 간단한 창조 원리이며 원리가 간단하니 창조하는 것도 간단하다. 내가 긍정적인 현실을 창조하고 싶다면 긍정적인 생각, 말, 행동을 하면 되기 때문이다. 하지만 간단하다고 꼭 쉬운 건 아니다. 왜냐하면 내 무의식에 오랫동안 저장되어 있는 온갖 두려움, 미움, 질투 등이 내 의지와는 상관없이 생각, 감정의 형태로 무지막지하게 올라오기 때문이다. 그렇기에 내 의지대로 생각하고 말하고 행동하는 것은 어느 정도 훈련을 해야 가능하다.

나에 대한 정의를 계속 이어가면 나는 몸도 아니고 마음도 아니고 영혼도 아닌 이 세 가지를 포함하고 초월한 존재이다. 내가 상상하는 것 이상으로, 아니 상상을 초월한 거대한 존재이다. 예를 들어 평행우주론에 따라 다양한 내가 다양한 우주에 존재하는데, 그들 모두 내 일부분일 수 있다고 생각한다. 그럼 나는 지금 여기 지구라는 행성에 존재하는 나와 다른 우주에 존재하는 나를 포함한 존재인가?

그런데 나는 앞에서 우리는 신이며 신의 일부라고 했다. 신은 모든 것이다. 내가 신이라면 나 또한 모든 것일까? 갑자기 머리가 어지러워지기 시작한다. 어쩌면 나라는 것은 정형화된 정의가 없지 않을까? 정형화된 정의가 없다는 의미는 내가 나를 정의하는 데에는 한계가 없다는 의미이다. 만약 나를 신으로 정의하면 내가 체험하고 있는 모든 것, 그리고 내가 체험하고 있지 않은 모든 것이 나이다. 만약 신의 일부분이라고 정의한다면 그 일부분이 어느 정도인지 범위를 정해야 한다. 평행우주 안에 있는 나와 과거·미래의 나까지 모두 포함할 것인가? 아니면 단지 내 육체, 마음만을 나라고 정의할 것인가. 그것은 결국 개인의 몫이라는 이야기이다. 그러니 어느 공식화된 조직이나 단체가 '나'라는 것은 이것이라고 정해줄 수 없다. 그렇기때문에 수많은 종교, 철학들이 '나'를 정의했지만 결국 아무것도 정의하지 못하고 만 것이다.

그런데 정형화된 나는 정의할 수 없지만 나를 정의하는 범위를 정해보고 그 범위에 따라 산다는 것이 어떤 의미인지 정도는 할 수 있지 않을까? 한번 재미 삼아 해보자. 가장 큰 범위에서 작은 범위로 좁히면서 그 의미와 과연 나는 어느 범위에 속하는지 생각해보도록 하자.

첫 번째로 가장 큰 범위인 나는 곧 신이기에 모든 것이 나라고 보는 관점이다. 내가 나를 신이라고 인정하고 모든 것이 나라고 생각한다면 삶에서 발생하는 모든 일에 대하여 온전히 받아들이며 모든 것이 자신의 책임임을 아는 삶을 살 것이다. 우리가 모두 하나임을 알기에 누구를 비난하거나 문제 삼지 않을 것이다. 왜냐하면 누군가를 비난하는 행위는 곧 나를 비난하는 행위임을 알기 때문이다. 그리고 자신의 관심사는 오직 남을 돕는 것이다. 왜냐하면 비난과 마찬가지로 남을 돕는다는 것은 곧 나를 돕는 것과 같다고 생각하기 때문이다. 이 정도로 자신을 정의하고 실제로 그렇게 사는 사람은 만물을 지배할 수 있다. 모든 만물이 자신이니 지배하지 못할 까닭이 없기 때문이다.

두 번째로 큰 범위는 과거, 현재, 미래에 있는 자신을 모두 자기 자신으로 정의하고 있는 경우이다. 개인적으로 나는 우리가 가장 먼저 도달해야 하는 수준이 이 수준이라고 생각한다. 이런 관점을 지닌 사람들은 오로지 자신이 이루고자 하는 일에만 집중을 할 것이다. 왜냐하면 현재 자신이 어떻게 하느냐에 따라 자신의 미래도 자신의 과거도 변할 수 있음을 알기 때문이다. 이 사람들은 자신의 현실은 자신이 창조할 수 있음을 알고 있기에 대부분의 시간을 자신의 현실창조에 보내고 있다. 그렇기에 옆에서 보면 좋게 말해 개인주의자들이고, 나쁘게 말해 이기적인 사람들이라고 생각할 수도 있을 것이다. 하지만 이 사람들은 각 개인은 자신들만의 길이 있음을 알고 있고 그 길을 간섭 하지 않는 것이 서로에게 도움이 된다는 것을 알기 때문에 그저 자신의 길에만 집중하고 있는 것뿐이다.

세 번째로 가장 작은 범위인 자신을 현재의 육체와 마음으로만 보는 것이다. 이 사람들은 보이는 세상에 종속되어 있고 세상에 대한 자신의 마음과 육체의 반응에 따라 이리저리 끌려다닐 가능성이 크다. 왜냐하면 자신의 운명은 외부 세계에 달려있다고 믿고 있기 때문이다. 그리고 서로 경쟁하고, 싸우고, 서로의 것을 빼앗으려고 한다. 왜냐하면 외부 세계는 항상 부족하게 보이기 때문이다. 그리고 두려움이 많다. 행여 마음이 다칠까 봐, 육체가 어떻게 될까 봐 안절부절못한다. 우리 대부분이 이 수준에 있다.

나는 간단하게 자신을 정의하는 3가지 범주에 대하여 기술하였다. 물론 이 3가지 말고도 더 세세하게 나뉠 수도 있다고 생각하며 또한 내가 나눈 범주가 정답이라고 생각하지 않는다. 다만 우리가 자신을 어떤 식으로 보고 있는지와 얼마나 넓게 자신을 확장시킬 수 있는지에 대한 맛보기정도는 되지 않을까 생각한다.

나는 우리 대부분이 세 번째 범주에 속한다고 생각한다. 그리고 나는 우리가 두 번째 범주로 가야 하고, 실제로 가고 있다고도 생각한다. 나는 두 번째 범주를 "아름다운 개인 창조자"라고 이름 붙이고 싶다. 왜냐하면 이 범주에 속하면 다른 사람들을 비난하거나 다른 사람들과 경쟁하거나 누군가에게 강요하는 일이 사라지고 오직 자신의 현실창조에만 집중을 하기 때문이다. 잡다한 모든 것들을 내려놓고 오직 자신이 되고자 하는 것, 하고 싶은 것, 가지고 싶은 것에만 관심을 두고 그것들을 향해 굉장히 효율적으로 그리고 집중해서 가기 때문이다. 자신의 일에 있어 높은 경지에 오른 사람을 보면 절로 '아름답다'는 말이 나온다. 이런 사람들이 그런 아름다움의 경지에 오를 수 있는 사람들이다.

나 또한 두 번째 범주로 가고 있으며, 또한 가기 위하여 매일 노력하고 있다. 그래서 나는 혹시 도움이 될지 몰라. 지금 내가 하고 있는 '아름다운 개인 창조가'가 되기 위한 훈련 방법을 아래와 같이 적어놓았다. 누구나 두 번째 범주에 들어야 하는 건 아니다. 자신이 세 번째 범주에서도 행복하고 만족스럽다면 굳이 두 번째 범주로 가려고 애쓸 필요는 없다. 이 훈련은 오직 나처럼 세 번째 범주에서 두 번째 범주로 자신의 정신을 확장하고 싶거나 현재 그렇게 가려고 시도하고 있는 사람들을 위한 것이다.

[아름다운 개인 창조자가 되기 위한 훈련 방법]

1. 원하는 목표를 명확하게 정하되 되도록 6개월~1년 내 달성할 수 있는 것들로 정하자.

: 우리가 자신의 목표를 정할 때 처음부터 너무 크거나 멀리 있는 목표, 예를 들어 50억 자산가나 5년 내 회사 대표 되기 등을 정하면 너무 멀리 있는 목표이기 때문에 얼마 안 가 동력이 떨어져 흥미를 잃고 그만두고 만다. 그래서 내 경험상으로는 짧게는 6개월, 길게는 1년 정도의 기간이 드는 목표를 정하는 게 흥미를 잃지 않고 지속적으로 목표를 향해 가는 데 도움이 되며 6개월~1년 안에 달성해야 하기 때문에 당장 실행에 옮기기 때문이다. 짧은 주기의 목표를 달성하는 것이 숙련된 뒤에 1년 이상의

장기 목표를 세워도 절대로 늦지 않았다고 생각한다.

2. 최종 목표를 위한 단기 목표와 루틴을 만들자.

: 최종 목표를 달성하려면 아마 그 전에 달성해야 하는 단기 목표들이 있을 것이다. 그것들을 1~2개월 단위로 쪼개고 그 단기 목표들을 달성할 수 있는 루틴을 만들자. 웬만하면 거의 매일 할 수 있는 루틴이면 좋다. 왜냐하면 루틴을 실행하면서 목표를 생각하게 되고 루틴을 성공적으로 마치면 성취감과 함께 목표 성공에 대한 자신감이 커지기 때문이다.

3. 목표와 상반되는 생각이 올라오면 가볍게 넘기고 잘되고 있다고 생각하자.

: 1번과 2번은 자기관리나 시간 관리 서적에서 많이 본 내용일 것이다. 하지만 3번이 그 서적들에서 얘기하지 않는 부분일 수 있다. 목표를 세우고 그 목표를 향해 루틴을 실행하다 보면 자주 목표가 이뤄지지 않을 거 같다는 생각이 생각보다 자주 올라온다. 이때 우리가 그 생각에 굴복하거나 아니면 저항해서 싸우면 얼마 안 가 추진동력이 사라지고 만다. 그럼 어떻게 해야 할까? 내가 경험했던 가장 효과적인 방법은 그런 생각이 올라올 때마다 '괜찮아'라고 말하거나 생각하며 넘어가는 것이다. 그런 생각이 올라올 때 그 생각에 끌려가 불안해하는 것도 도움이 안 되지만 그렇다고 '아니야 나는 무조건 성공할 거야'라고 하며 그 생각에 저항하는 것도 도움이 안 됐다. 왜냐하면 저항하면 당장 에너지 소모도 클뿐더러 그 부정적인 생각들이 더 크게 돌아왔기 때문이다. '그래도 괜찮다'라고 하는

것은 그 부정적인 생각과 싸우지도 않을뿐더러 그 부정적인 생각이 더 커지지 않게 도와준다. 왜 '괜찮아'라고 생각하는 것은 부정적인 생각을 넘기는 데 도움이 될까? 만약에 당신에게 누군가 와서 당신이 지금처럼 한다면 이런 위험이 있고 실패할 가능성이 크다고 말했을 때 만약 당신이 날을 세우고 절대 그럴 일 없다고 반박하면 어떨까? 상대도 같이 날을 세우며 있는 이유 없는 이유 갖다 대면서 논리적으로든 감정적으로든 당신을 설득하려고 할 것이다. 왜냐하면 사람은 자신의 말이 맞고 그것을 상대방이 동의해주기를 바라기 때문이다. 하지만 그렇다고 그 사람 말에 동조하면 그 사람 페이스에 말려들고 만다. 하지만 만약에 당신이 "그래도 괜찮아요"라고 말하면 어떨까? 그 사람은 자신의 말을 무시하거나 거부한 것은 아니기 때문에 자신의 말이 맞다고 우길 필요가 없어진다. 그렇다고 자신이 의도에 동조한 것도 아니기에, 더 할 말도 없어진다. 그럼 그냥 거기서 상황 끝이다. 부정적인 생각도 이와 같다고 생각한다. 그리고 이렇게 부정적인 생각을 넘기고 나서는 "잘되고 있어"라고 말하거나 생각하는 것이다. 그 말은 어떤 일이 있었든지간에 목표에 달성에 도움이 되고 잘되고 있는 현실을 창조하게 해주기 때문이다.

내가 말한 1, 2, 3번의 훈련 방법은 모두 오직 자신이 원하는 것에만 집중할 수 있게 도와준다. 6개월~1년 정도의 짧은 기간 안에 해내야 하기 때문에 매일 매일 루틴에 집중해야 하고 또 1~2개월간의 단기 목표를 달성해 나가면서 성취감을 지속적으로 얻을 수 있다. 그리고 매 순간 자신의 생각을 점검하여 목표 달성에 반하는 생각들은 넘기고 도움이 되는 생각들을 계속 하기 때문이다.

조금 더 이해하기 쉽게 내 경우를 이야기하면 2022년 5월에 2022년 안에 마라톤 풀 코스 완주라는 목표를 세웠다. 그리고 6월부터 연습을 시작했으니 나에게 주어진 기간은 7개월 정도의 시간이었다. 마라톤이라곤 2021년에 버추얼 마라톤 5㎞에 도전한 게 전부이고 그것마저 무릎이 아파서 후반부에서는 거의 걷다시피 한 실력이었으니 나에게 엄청나다 못해 불가능할 거 같은 도전이었다. 그런 도전을 '7개월'이라는 짧은 기간 내 달성을 해야 하니 이것저것 따질 것도 없이 당장 6월부터 달리기 연습을 했다. 3.5㎞부터 시작해서 매주 1㎞를 늘리고, 주말 하루는 10㎞를 목표로 연습했다. 왜냐하면 7월에 10㎞ 마라톤 완주라는 '단기 목표'가 있었기 때문이다.

한 달간 연습을 하니 10㎞를 뛸 수 있게 되었고 7월에 10㎞ 마라톤을 완주하였다. 오프라인으로 하는 마라톤 대회는 처음이었고 10㎞ 마라톤을 완주하자 그런 성취감은 처음 느꼈다고 생각될 정도로 기분이 좋았다. 그리고 거기에 자신감까지 올라 바로 9월에 하프 마라톤을 신청했다. 하프 마라톤에 도전하면서 자연스럽게 훈련 강도를 높여갔다. 6월에는 일주일에 2~3일 정도 달리는 루틴이었는데, 7월과 8월부터는 일주일에 4~5일 정도를 뛰었다. 그런데 훈련 기간이 2달이 넘어서면서부터 부정적인 생각들, 이를테면 '부상당하면 어떡하지'나 '완주 못하면 어떡하지'라는 생각들이 자꾸 올라왔다. 그럴 때마다 처음에는 강하게 부정했는데,

그럴수록 더 강한 부정적인 생각들이 몰려와서 '괜찮아'라는 말과 생각을 정말 많이 반복했다.

물론 한두 번 했다고 부정적인 생각이 사라지는 건 아니었다. 하지만 그렇게 하면 조금 더 빨리 부정적인 생각에서 벗어날 수 있었다. 그리고 스스로에게 "잘 되고 있어"라고도 많이 말하고 생각했다. 원래는 '나는 할 수 있다'라는 말을 많이 했는데, 만약에 그날 목표를 달성하지 못하면 할 수 있다는 말이 거짓말이 되기에 더 이상 그 말은 하지 않았다. '잘되고 있다'는 그날 내가 목표를 달성했든 못했든 상관없이 잘되고 있다는 의미이기 때문에 내가 계속 도전할 수 있게 해주는 힘이 있다. 그렇게 연습을 하고 9월에 하프도 완주할 수 있게 되었다. 그리고 10월에 하프를 한 번 더 완주하고 11월에 마침내 풀 코스를 완주했다. 마라톤을 시작한 지 6개월 만이었다. 계획보다 1개월 앞당겨진 것이다.

이 세상은
무엇인가?

우리가 살고 있는 이 세상은 무엇일까? 동양에서는 음과 양의 두 상반된 속성이 결합한 세계라고 한다. 『신과 나눈 이야기』에서도 이와 비슷한 이야기가 나오는데 사랑과 두려움이라는 상반된 에너지가 공존하는 세상이라는 것이다. 그리고 '시뮬레이션 우주론'이라고 하여 우주의 정체가 사실은 거대한 시뮬레이션, 즉 가상으로 구현된 세계라는 가설이 있다. 이와 비슷하게 임사체험을 하여 영계에 다녀온 사람들 중에 많은 사람들은 사후세계, 즉 영계가 진짜 세상이고 여기는 꿈과 같다고 얘기한다. 나 역시 이 세상은 두 가지 상반된 에너지, 즉 사랑과 두려움으로 이루어져 있으며 이러한 상반된 에너지를 체험하기 위한 체험장이라고 생각한다.

내가 그렇게 생각하는 이유는 물론 종교에서의 논리적이거나 비논리적인 설명이나 과학의 실험에 의해 밝혀진 것들은 논외로 하고(워낙 많은 책에서 다뤘기 때문에) 내 개인적인 느낌만을 말하면 이 세상이 진짜라고 하기에는 너무 허무하기 때문이다. 우리는 마치 영원히 살 것처럼 이것저것에 집착하지만 대부분 100년도 살지 못하고 이 세상을 떠난다. 운이 좋으면 100년이지, 태어나자마자 죽는 사람도 있다. 태어나자마자 죽는 사람들은 무슨 죄를 지었길래. 삶의 기회도 얻지 못한 채 죽는다는 것은 너무 불합리하다.

100년을 산다고 하여도 이게 진짜 운이 좋은 걸까 싶을 정도로 세상에는 수많은 고통이 존재한다. 그래서 사람들은 대부분 삶의 의지를 갖고 산다기보단 죽기는 무섭고 그렇다고 삶을 사랑하고 싶지는 않아서 그냥 되는대로 살다가 죽는다. 이런 세상이 진짜 세상이라면 신은 가혹하다. 왜 신은 우리가 행복하고 평화로우며 풍요롭게 살게 해주지 않는 것일까? 원죄 때문에? 누구인지도 모르는 아담과 이브의 죄 때문에 나까지 고통받는다는 게 말이 될까? 이게 사실이라면 신은 정말 속 좁은 존재이다. 그게 언제적 일인데 아직도 화가 나 있단 말인가?

하지만 「신은 무엇인가?」에서도 정의했듯이 신은 사랑이다. 사랑의 신이 이렇게 우리를 고통 속에 넣으려고 이 세상을 창조한 것이 아니란 것도 알고 있다. 신은 우리에게 다양한 즐길 거리를 주려고 이 세상을 창조한 것이다. 신은 자신의 반대 속성이 두려움을 창조하여 자신의 속성인 사랑과 함께 다양하게 조합하여 이와 같은 다채로운 세상을 창조한 뒤 우리에게 그걸 경험할 기회를 준 것이다. 마치 온라인 게임에서 수많은 맵을 만들어놓고 우리에게 그 맵들을 마음껏 체험할 수 있게 해준 것과 같다. 게임이 가짜이기에 가볍게 즐길 수 있듯이 이 세상도 가짜이기에 가볍게 즐길 수 있는 것이다. 그런데 우리가 그 사실을 잊었기에 진짜처럼 생각하여 삶을 무겁고 심각하게 생각하여 고통을 자처 하고 있는 것이다.

그럼 우리는 무엇을 체험하고 있는 걸까? 우리는 '나'이면서 동시에 '신의 일부분'을 체험하고 있다. 이게 무슨 말일까? 「나는 무엇인가?」에서 나는 신이며 신의 일부분이라고 하였다. 이 나는 범위를 어떻게 보느냐에 따라 신과 같고 아니면 신의 일부분일 수 있다. 만약 지금 우리가 겪고 있는 것에만 초점을 맞춘다면 우리는 신의 이 부분인 '나'를 체험하고 있는 것이다. 하지만 우리가 과거 생애 그리고 현재 생애 그리고 앞으로 겪을 모든 생애를 합친다면 그것은 바로 신 그 자체일 것이다. 왜냐하면 우리는 결국 신의 모든 측면을 체험하게 될 것이기 때문이다. 삶의 모든 것이 신이고 신의 측면들이다. 이 말을 이해할 수 있다면 우리는 자신의 모든 순간을 축복하며 살 수 있을 것이다. 그래서 나는 신은 모든 것이라고 말한 것이다.

이 세상은 또한 나의 생각들의 결과물들이다. 만약 내가 두려운 생각을 많이 한다면 이 세상은 두려운 것들을 내 눈앞에 보여줄 것이고, 내가 사랑에 대하여 많은 생각을 한다면 이 세상은 사랑과 관련된 것들을 내 눈앞에 보여줄 것이다. 왜 그럴까? 내 생각이 현실을 창조하기 때문이다. 그렇기에 내부를 비추는 거울에 불과한 외부 세상은 나를(나의 생각을) 있는 그대로 보여준다. 우리는 외부 세상을 보면서 내 생각이 형태를 가지면 어떻게 되는지를 오감으로 느낄 수 있는 것이다. 하지만 우리는 외부 세상을 나와는 완전한 별개의 것으로 생각하며, 그러면서도 외부 세상에 의해 내가 좌우될 수 있다고 생각한다. 완전히 그 반대인데도 말이다. 우리는 이 세상을 미숙하게 살고 있는 것이다. 내가 외부 세상을 바꾸고 싶다면 내 내부를 바꿔야 한다. 내 내부를 바꾸라는 말은 내 생각을 바꾸라는 말이다. 특히 내 믿음. 내 믿음은 동일한 생각을 오랫동안 품으면서 굳어진 생각들이다. 그리고 우리는 자신의 믿음대로 생각하고 말하고 행동하며 생각과, 말과 행동이 현실을 창조한다.

그렇다면 우리는 어떻게 살아야 할까? 지금처럼 이 세상이 진짜라고 믿고 세상에 휘둘리며 의식 없이 살아도 되고(결코 비꼬는 게 아니다. 이런 형태의 삶 또한 신의 한 측면이기 때문에 전혀 문제될 게 없다고 보기 때문이다), 아니면 이 세상이 가짜라는 사실을 염두에 둔 채 내가 의식을 가지고 생각하고 말하고 행동하면서 자신이 원하는 현실을 창조하며 살아도 된다. 그런데 나는 우리 수준에서 가장 먼저 하면 도움 되는 게 있다고 생각하는데 그건 우선 지금보다 조금만 더 가볍게 사는 것이다. 나도 그렇고 대부분의 사람들이 너무 심각하게 살고 있다. 현실이 너무 진짜 같고, 또 진짜라고 믿고 있기 때문이다. 삶의 부담감을 조금 내려놓자. 생각해보면 진짜 별거 아니지 않나.

행복이란
무엇일까?

행복이란 무엇일까? 우리는 행복하기 위해서 산다고 해도 과언이 아닐 정도로 행복해지고 싶어 한다. 그래서 돈을 벌고 사람을 만나고 취미 활동을 한다. 그런데 행복이 도대체 무엇이길래 사람들은 그렇게 행복해지고 싶어 하는 것일까? 내 생각엔 사람마다 차이는 있겠지만, 기본적으로 우리는 힘들게 살고 있다. 경제적으로 풍요롭건 아니건 상관없다. 왜냐하면 우리의 집단의식과 개인의식이 부정성에 잠식당하다시피 지배받고 있기 때문이다. 우리가 이렇게 부정성에 지배를 받고 있는 것은 자라면서 오랜 기간 동안 지속적으로 부정성에 노출되었기 때문이다.

이 부정성은 특정 개인에게만 국한된 것이 아니라 인류 집단의식의 가장 강력한 특징 중 하나이다. 그리고 이 집단의식은 이전 세대로부터 물려받았고, 그리고 이전 세대는 그 이전 세대로부터, 그리고 그 전전전 세대는 그 전전전전 세대로부터 물려받았다. 즉 수천 년 넘게 우리 인류가 형성되어온 하나의 문화 형태인 것이다. 인류의 집단의식은 개인의식에 강력한 영향력을 행사하기 때문에 우리가 힘들고 불행하다고 느끼는 것이 개인만의 책임이라고 말하기 어려운 이유이다. 우리의 이런 상황을 생각했을 때 행복은 고통스럽거나 괴롭지만 않아도 행복한 게 아닐까 하는 생각이 든다. 항상 마음이 평온하고 즐거우면서 기쁨이 넘치면 좋겠지만, 일반 사람들에게는 현재로선 거의 불가능한 수준이라고 생각한다. 그런 마음에 들려면 인류의 강력한 집단의식에서 매 순간 완전히 벗어날 수 있는 힘이 있어야 하고, 이는 꽤 높은 수준에 도달한 사람들이 가질 수 있는 힘이라고 생각된다.

그리고 어차피 행복은 주관적이다. 자신이 어떤 것을 행복이라고 정의하느냐에 따라 같은 상황이라도 그것을 행복이라고 해석할 수 있고 아니라고 해석할 수 있다. 그렇기에 나는 내가 고통스럽거나 괴롭지만 않아도 행복이라고 정의하고 있다. 이렇게 행복의 기준을 낮추면 우리는 일상생활에서 많은 시간을 행복하게 보낼 수 있는 이점이 있다. 왜냐하면 우리 일상을 돌이켜 봤을 때 고통스럽고 괴로운 순간은 잠깐이고 대부분 큰 일없이 소소한 일들만 있을 뿐이기 때문이다. 그리고 큰 즐거움이 행복이라고 생각하는 사람들이 있는데, 이 이원성의 세계에서는 큰 즐거움 뒤에는 큰 괴로움이 뒤따르기 마련이다. 마약을 생각해보자. 마약을 하는 사람들은 마약을 하는 동안에는 큰 즐거움을 느끼지만, 마약을 하지 않는 동안에는 일상생활에 만족하지 못하여 괴롭다. 또한 마약의 부작용을 겪을 때는 크게 고통스러워한다.

또 다른 행복에 대한 정의는 만족이다. 위대한 쇼맨이라는 영화에서 행복에 대해 한마디로 정의한 장면이 나온다. 그 장면은 이렇다. 남자 주인공(휴 잭맨)이 회사에서 해고를 당하고 자신의 가난한 집으로 돌아왔다. 집에는 아내와 두 딸이 옥상에서 즐겁게 놀고 있었다. 그는 가난한 자신의 현실을 한탄하며 아내에게 미안한 듯이 "내가 당신에게 청혼할 때는 이런 걸 해주려고 한 게 아니었는데…."라고 말한다. 그러자 아내는 남편과 두 딸을 보고 웃으면서 말한다.

"왜요? 나는 이미 내가 원하는 것을 다 가졌는데요."

나는 아내의 대사를 듣고 큰 감동과 깨달음을 얻었다. 나는 행복하기 위해 지금껏 내가 가지고 있지 않은 것들만을 좇으며 살았다. 이게 있으면 더 좋을 텐데, 이런 상황이면 더 좋을 텐데, 누가 이렇게 해줬으면 행복할 텐데 등. 하지만 그것들을 얻었다고 해도 잠깐 행복할 뿐, 다시 예전의 불만족스러운 상태로 돌아와서 다시 나에게 없는 것을 찾곤 또 갈구했다. 그것이 영원한 행복을 줄 것처럼 착각하면서 말이다. 하지만 영화 속 아내는 그렇지 않았다.

자신이 가지고 있지 않은 것에 집중하는 대신 자신이 가진 것에 집중하며 만족해하고 있는 것이었다. 결국 행복한 사람이란 "자신이 가진 것에 만족하는 사람"이 아닐까? 한 번 자신의 주위를 둘러보자 현재 자신이 가지고 있는 것 중 상당수가 과거에 모두 자신이 가지고 싶어 했고 가지면 행복했을 거라고 생각했던 것들이다. 그러니 그것들을 가졌음에 감사하고 만족하는 습관을 기르자. 그런 습관만 길러진다면 우리는 언제든 행복해질 수 있다고 믿는다.

죽음이란 무엇인가

우리는 언젠간 죽는다. 하지만 우리는 영원히 죽지 않을 것처럼 죽음에 대해서는 생각조차 하기 싫어한다. 물론 꼭 죽음에 대하여 생각해야 하는 것은 아니다. 그걸 몰라도 살아갈 수 있다. 하지만 나는 왜 죽음에 관한 질문을 던진 것일까? 왜냐하면 죽음이 무엇인지를 알면 내 삶을 어떻게 살아야 할지도 알 수 있기 때문이다.

사람들은 장례식에 갔다 오면 이런 얘기를 많이 한다.

"장례식을 다녀오니 나도 언제 죽을지도 모르겠더라고 그러니 너무 걱정하면서 살지 말고 하고 싶은 거 하면서 인생을 즐기면서 살아야겠어."

하지만 정작 그 뒤로 큰 변화는 없다. 예전과 똑같이 미래를 걱정하면서 현재를 즐기고 있지 못하다. 장례식에서 준 깨달음은 도대체 어디로 간 것일까? 이렇게 쉽게 그 생각을 버리는 이유는 우리가 평소에 죽음에 대해서 생각하지 않기 때문이다. 그러니 자신이 언젠가 죽을 수 있다는 것을 잊은 듯이 살아간다. 왜 그럴까? 죽음이 두렵기 때문이다. 그래서 생각하는 것만으로도 겁이 난다. 그렇기에 죽음이 무엇인지 그리고 그것이 자신에게 어떤 의미인지 진지하게 성찰한다는 것은 엄두도 못 내고 있는 것이다. 하지만 죽음은 두려운 것도 아니고, 기피해야 할 대상도 아니다. 오히려 흥미롭고 반길 수 있는 주제이다. 왜 그런지 지금부터 얘기해보겠다.

나는 몇 년 전부터 죽음에 대하여 관심이 많았고 그래서 임사체험에 관한 글이나 영성을 다룬 책을 보며 사후세계에 대하여 알아봤다. 그런 후 죽음이 참으로 신비로우며 오히려 멋진 경험이 될 수 있다는 나름의 결론에 이르렀다. 그렇다고 이것이 정답이라고 말하는 것이 아니다. 그저 하나의 의견이다. 단지 내 글을 읽고 죽음에 관한 관심이 생겨 한 번쯤 진지하게 생각해보기라도 한다면 내 목적은 달성된 것이라고 생각한다.

죽음을 얘기하기 전에 먼저 우리의 삶에 대하여 얘기하려고 한다. 죽음과 삶은 떼려야 뗄 수 없기 때문이다. 나는 우리의 삶이 영원하다고 믿는다. 불교에서 말하듯이 전생이 있다고 생각한다. 하지만 불교에서 말하는 업보에 의해서 우리가 태어나는 것은 아니라고 생각한다. 왜냐하면 죄 같은 건 없다고 생각하기 때문이다. 우리는 지금까지 수많은 생을 살았고 앞으로도 살 것이다. 그리고 그것의 끝은 없다. 신은 우리에게 영원한 생명을 주었기 때문이다.

우리가 영원한 생명을 얻었다면 우리는 왜 죽는가? 우리가 말하는 죽음은 그저 우리의 영혼이 육체를 벗는 행위에 불과하다. 마치 나비가 누에고치에서 나오듯이 허물을 벗는 것이다. 그렇기에 죽음은 끝이 아니라 새로운 시작인 것이다. 그렇다면 영혼은 육체에서 벗어나 어디로 가는 것일까? 수많은 임사체험 증언에 따르면 영계라고 불리는 새로운 차원의 세계로 들어간다고 한다.

영계는 우리가 사는 물질세계와 다르게 한없이 자유로우며 평화롭고 무조건적인 사랑을 받는 느낌을 받고 사물들이 훨씬 선명하게 보이는 무척이나 아름다운 세계라고 표현한다. 마치 기독교에서 말하는 천국 같다. 그래서 대부분의 임사체험자는 다시 육체로 돌아오고 싶어 하지 않았다. 지구에서의 삶이 고통스럽고 너무 힘들어서 다시 돌아오고 싶어 하지 않은 사람도 있었지만, 좋은 직업에 화목한 가정을 꾸렸던 사람조차도 돌아오고 싶어 하지 않았다. 그만큼 사후세계가 환상적이라는 이야기이다. 이런 임사체험자의 증언은 나에게 '죽음은 전혀 두려움의 대상이 아니고 오히려 반겨야 하는 체험'임을 알게 해주었다. 고통 따위는 전혀 없고 오직 평화와 행복만이 있다는데 반기지 않을 이유가 있을까? 죽음에 대하여 알아갈수록 죽음에 대한 부정적인 생각이나 저항감 두려움이 점점 사라졌다.

죽음에 대한 두려움이 사라진다는 것은 어떤 의미일까? 우리가 가진 가장 큰 두려움에는 정신적, 육체적으로 큰 고통을 당하는 것과 죽음이 있을 것이다. 그런데 정신적, 육체적 고통에 대한 두려움도 따지고 보면 죽음에 대한 두려움이 있기 때문에 존재할 수 있는 두려움들이다. 그런데 만약 죽음에 대한 두려움이 사라진다면? 세상의 어떤 것도 두려워할 게 없어진다는 이야기와 같다. 잠깐 상상해보자. 내가 삶을 사는 데 있어서 어떤 것도 두려워하지 않는다면 어떻게 될까?

그렇다고 조심성이 없는건 아니니 오해하지 말자. 조심성과 두려움은 다르다. 두려움은 무엇을 하기도 전에 자신을 잔뜩 움츠러들게 만들지만, 조심성은 미리 대비하여 오히려 실행할 때 안정감을 주기 때문이다. 나 같은 경우를 생각해보면 일단 결정이 빨라질 거 같다. 무엇을 하든 나에게 도움이 되고 내가 원하는 것이라면 망설임 없이 과감하게 할 거 같다. 그리고 그 결과에 대하여 객관적으로 볼 수 있을 거 같다. 우리가 결과를 객관적으로 보지 못하는 이유가 우리의 기대대로 결과가 안 나오는 게 두렵기 때문인데 그것마저 두려워하지 않으니 결과를 있는 그대로 보지 않을 이유가 없기 때문이다. 그리고 어떤 일이 일어나더라도 마음은 항상 평온할 거 같다. 우리가 마음에 동요가 일어나는 이유가 우리의 두려움 때문이다. 이런 상태가 바로 불교에서 말하는 열반의 경지가 아닐까? 어떤 것을 하든 걸리는 게 없이 자유롭게 할 수 있는 상태 말이다.

그리고 사후의 세계가 온전히 평화롭고 행복한 세계라는 것을 아는 것은 어떤 의미일까? 그 사실을 아는 것만으로도 우린 우리 삶에서 일어나는 힘든 일들을 견딜 수 있게 해주고 더 나아가 즐길 수 있게까지 해준다. 우리가 학교든 회사든 밖에서 힘든 일을 겪을 때 그래도 견딜 수 있는 이유는 일이 끝나면 편안한 집으로 돌아간다는 사실을 알기 때문이다. 그와 같이 우리가 여기 지구에서 힘든 일을 겪어도 결국은 아름답고 편안한 우리의 고향인 사후세계로 간다는 것을 안다면 우리가 겪는 힘든 일들을 잘 버티고 이겨낼 수 있는 힘을 준다. 더 나아가 힘든 경험을 할 때 이런 생각도 하게 된다. '그래, 어차피 죽어서 사후세계로 가면 오직 평화와 행복, 사랑만이 있으니 여기서 이런 힘든 경험을 해보는 것도 괜찮지'라고 말이다. 그럼 조금 더 여유롭게 자신이 겪는 상황을 볼 수 있게 된다.

죽음은 이렇게 삶의 끝도 아니고, 죽음 후에 올 삶은 고통스러운 지옥불 어딘가에 던져지는 것도 아니다. 오히려 그 반대다. 그러니 죽음에 대하여 스스로 생각해보고 더 알아보면서 죽음에 대한 두려움을 줄여보자. 그러면 삶이 더욱 풍성해질 것이다.

5부

수준 낮은 동지들에게 고함

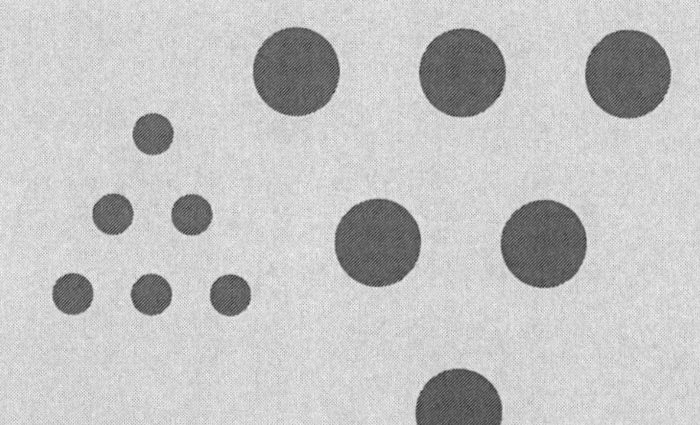

나와 같이 수준이 낮은 동지들이여! 자신에 대한 높은 기대로 인하여 자신에게 너무나 가혹하게 대하고 있을 동지들에게 자신에 대한 욕심을 내려놓기를 권한다. 이렇게 하여 우리를 바로잡으려 하는 것이다. 우리를 바로잡으려 함은 내가 잘못됐다고 생각하는 것이 아니라, 나는 문제가 없는데 문제가 있다고 보는 관점을 바꾸는 것이다. 우리는 아무 문제가 없다. 그저 우리에게 문제가 있다고 말하는 과점이 잘못됐을 뿐이다. 그러니 자신을 있는 그대로 보는데 두려워 말자. 그것이 내가 말하고자 하는 가장 핵심적인 사안이다.

수준이 낮다는 것이 나쁜 게 아니다

내가 여기서 우리의 수준이 낮다는 이야기를 자꾸 하기 때문에 기분이 안 좋으신 분들도 있을 거라 생각한다. 나는 사람들 기분 나빠지라고 우리의 수준이 낮다고 얘기하는 것이 아니다. 우리의 현재 수준을 제대로 직시하고, 그리고 같이 성장해나가자고 말하고 있는 것이다.

일단 수준이 낮다는 것은 전혀 나쁘지 않다. 마라톤으로 치면 우리는 10㎞ 마라톤을 완주할 수 있는 실력을 갖고 있는 것과 같다. 누구도 마라톤 10㎞밖에 못 뛰고 마라톤 풀 코스는 뛰지 못한다고 해서 그 사람을 나쁘다고 하지 않는다. 그리고 현재 10㎞ 뛴다는 것은 앞으로 실력을 늘릴 수 있는 부분이 많다는 얘기이기도 하다. 우리의 가장 큰 즐거움이 자신의 실력이 늘어날 때인데, 그런 면에서 이미 높은 수준의 달리기 실력을 가지고 있는 사람들보다 더 자주 성장의 즐거움을 느낄 수 있는 장점이 있다.

그러니 우리의 수준이 낮다는 것은 전혀 부끄럽거나 잘못된 것이 아니다. 오히려 성장 가능성이 높아 앞으로 더 많이 성장할 수 있다는 이야기이다. 그런데 성장을 하려면 현재 자신의 수준을 명확히 알고 그 수준에 맞춰서 스스로를 단련해야 한다. 현재 실력이 10㎞를 뛰는 수준인데 자신의 수준을 너무 높게 잡아서 연습할 때 20㎞를 한 번에 뛰려고 하면 중간에 포기할 가능성이 높기 때문이다.

실제 우리는 우리를 너무 높게 보고 있다. 특히 영성이나 철학처럼 눈에 보이지 않는 쪽은 더욱 그런데, 그러다 보니 높은 수준으로 살려고 하다가 몇 번의 좌절을 겪고 아예 밑바닥 수준으로 떨어지기도 하는 게 그 이유이다.

사실 우리가 우리 자신을 너무 높게 보게 된 것은 우리의 잘못이 아니다. 사회가 그렇게 만들고 있다. 사회가 아주 높은 수준의 도덕을 개인에게 요구하고 그 요구에 부응하지 않으면 지탄을 받으니 억지로라도 거기에 맞추려다 포기하고 거기에 맞춘 척 하고 있을 뿐인 것이다. 그리고 그런 과정이 반복되다 보니 스스로의 수준이 높다고 착각하게 되는 지경까지 이른 것이다. 그러니 자책하지 말자. 그리고 늦지 않았다. 지금부터라도 자신의 수준을 직시하면 된다. 그것만으로도 우리는 성장한다.

"그리고 모든 사람들이 스스로의 수준을 직시할 때 인류가, 그리고 지구가 바뀔 수 있다고 믿는다."

최소한 자신에게는
거짓말하지 말자

나는 자주 자신에게 거짓말을 했다. 대표적인 예가 화가 나는 상황임에도 긍정적으로 생각하자고 하면서, 좋은 일이라고 나 자신에게 거짓말을 했다. 모든 면에는 긍정적인 면이 있으니 긍정적으로 생각하고 좋은 일이라고 생각하는 것은 나에게 도움이 된다. 하지만 그러려면 확실히 마음이 긍정적으로 돌아서게 만들어야 한다. 나는 마음은 여전히 화가 나고 부정적인데 긍정적으로 생각하는 척만 한 것이었다. 차라리 그럴 거면 화를 내는 게 내 화를 푸는데 더 효과적이다. 그렇게 긍정적인 척하고 부정적인 마음을 가슴에 쌓아두면 나중에 정말 별것 아닌 일에 감정이 터지기 때문이다.

나는 왜 그렇게 했을까? 내가 그렇게 긍정적으로 생각할 수 있다고 착각했기 때문이다. 아직 내 수준은 그 정도 일이면 화가 나는 게 당연하고 긍정적으로 생각할 수준이 아님에도 그 사실을 직시하지 못한 것이다. 그럼 왜 그 사실을 직시하지 못하였을까? 그건 나 자신에게 거짓말을 하는 게 버릇이 되었기 때문이다.

나는 나에게나 남에게 자주 거짓말을 한 거 같다. 특히 나에게 불리할 것 같은 일이나 나 자신의 감정을 솔직하게 얘기하지 않았다. 왜냐하면 남들이 나를 우습게 본다거나 하찮은 사람으로 보는 게 싫었기 때문이다. 그래서 항상 내 얘기를 할 때는 잘한 거나 좋은 것만 이야기하는 버릇이 들었다. 그렇게 남들에게 말하다 보니 결국 나 자신에게도 거짓말을 하게 되는 것이다. 아니나 자신에게 거짓말을 한 게 먼저였을까? 나도 헷갈린다.

나 자신에게 거짓말을 하는 것은 내 삶을 매우 어렵게 만든다. 예를 들어 화가 나는 일이 있을 때 화를 내면 물론 상대방이 기분은 나쁘겠지만, 그럴 만도 하기에 서로 이해가 된다. 하지만 엄청 화가 나는데도 '나는 이만한 일로 화를 내지 않는 사람'이라고 나 자신에게 거짓말(혹은 착각)하면서 꾹꾹 참다 보면 어느 순간 폭발하는 일이 발생하는데, 대부분 별거 아닌 일에 폭발하게 된다. 그렇게 되면 상대방은 '그렇게 화를 낼 만한 일도 아닌데 성격 정말 이상하네'라고 생각하게 되고 자신 또한 어느 정도 화가 가라앉으면 민망해지기 시작한다. 왜냐하면 자기가 생각해도 그렇게까지 화낼 일이 아니기 때문이다. 그러면서 일이 꼬이는 것이다.

또는 '나는 돈보다는 사회의 정의를 더 중요시하는 사람이야'라고 나 자신에게 말하지만 어느 날 자신이 돈을 위해 사회의 정의를 무시하고 있는 자신을 발견하면 죄책감을 느끼고 스스로에 대해 혼란을 겪게 된다. 이럴 경우 이도 저도 아닌 행동을 하게 되어 돈도 사회정의도 모두 얻지 못하는 결과를 초래한다.

우리는 왜 이렇게 스스로에게 거짓말을 하고 있는 것일까? 왜냐하면 우리는 이런 사람이 되어야 한다든가 이렇게 살아야 한다든가 하는 말을 너무 오랫동안 거의 세뇌되다시피할 정도로 들었기 때문이다. 예를 들어 나는 어렸을 때 '황금 보기를 돌같이 하라'와 같이 돈에 욕심이 없어야 한다는 얘기를 많이 들었다. 그리고 미디어에선 돈에 욕심을 가진 사람들이 모두 비극에 가까운 결말을 겪는 결과를 아주 많이 보여주었다. 그래서 나는 무의식중에 돈에 욕심을 가지는 것에 대한 거부감이 있었다. 그래서 누군가 주식이나 부동산 투자를 하면서 돈에 대해 직접적으로 얘기할때는 내 안에서 알 수 없는 거부감이 느껴졌다.

그런데 막상 내가 첫 직장을 구할 때나 이직할 때는 조금이라도 더 많은 연봉을 주는 회사에 가려고 노력했다. 즉 남이 돈 욕심을 내는 것에는 거부감을 느끼면서 내가 돈 욕심을 낼 때는 돈 욕심이 아니라 정당하다고 생각한 것이다. 이런 대립되는 감정을 동시에 가지면서 돈에 대한 나의 생각도 계속 바뀐다. '돈은 많으면 많을수록 좋다'라고 생각하다가 '돈은 내가 쓸 만큼만 있으면 충분하다'라고 생각하기도 하고, '돈이 없으면 어때, 없는 대로 살면 되지'라고 생각하다가도 '그래도 돈은 어느 정도 있어야지'하고 생각한다.

이렇게 스스로에 대한 거짓말은 나의 결정을 계속 바꾸게 만들어 삶을 일관성 있게 지속하기 어렵게 만든다. 그리고 이런 변덕은 목표를 달성하는 것도 어렵게 만드는 가장 큰 요인이다. 왜냐하면 자신의 목표를 달성하기 위해서 난이도에 따라 차이는 있겠지만, 어느 정도 꾸준한 노력과 시간이 드는데 자꾸 마음을 바꾸니 얼마 안 가 그만두기 때문이다.

그러니 삶을 일관성이고 명확하게 살고 싶다면 스스로에게 솔직해지자. 지금처럼 어중간한 태도로 산다면 우리가 얻는 것도 어중간한 것일 뿐이다.

내 수준이 낮기에
낮은 수준의 현실만 체험하는 것이고,
현실을 바꾸고 싶다면 나를 바꿔야 한다

내가 겪는 모든 현실은 내가 창조하고 있다. 그렇기에 내 수준이 내 현실을 결정하는 것이다. 이것은 마치 그림 실력이 좋지 않은 화가의 그림이 수준이 낮고 그림 실력이 좋은 화가의 그림이 수준이 높은 것과 마찬가지이다. 우리는 매 순간 자신의 생각과 말과 행동으로 자신의 현실을 창조하고 있다. 그런데 자신의 생각과 말과 행동을 유심히 관찰해본 적이 있으면 알 것이다. 내가 얼마나 근심, 걱정이 많고 분노도 많으며 남을 쉽게 판단하며 모순적이고 남들이 잘되지 않았으면 좋겠다고 생각하는지. 굉장히 이기적인 동시에 공격적이고 복수심에 불타고 있다. 그나마 자신의 생각을 관찰하고 있는 사람은 그래도 나은 편이지만 그렇지 않은 사람들은 자신이 무엇을 하고 있는지조차 알지 못하고 있다.

우리가 평소에 이런 생각들을 가지고 있으니 그렇게 서로 싸우고 욕하고 끌어내리려는 현실이 창조되고 있는 것이다. 그리고 이렇게 자신이 생각하고 말하고 행동하면서 자신이 겪는 현실이 수준이 높기를 바란다는 것은 어불성설이다. 마치 그림 실력은 좋지 않으면서 자신의 그림이 높은 평가를 받기를 원하는 화가의 마음과 같다(사실 우리는 아주 자주 자신이 가지고 있는 것보다 훨씬 좋은 평가를 바란다).

그렇기에 만약 자신이 겪는 현실이 마음에 들지 않는다면 자신을 바꿔야 한다. 자신을 바꾼다는 말은 말 그대로 자신의 생각, 말, 행동을 바꿔야 한다는 말이다. 하지만 어떻게 바꿔야 할까? 내가 바라는 것이 있다면 그것과 맞는 생각과 말과 행위를 해야 한다. 예를 들어 내가 평화를 원한다면 공격적인 생각이나 말 행위를 그만둔다는 의미이다. 이 작업은 어렵지는 않지만 꾸준함과 인내력이 필요하다. 지속적으로 자신의 생각과 말과 행동을 관찰하여야 하며 자신이 원하는 것과 다른 생각, 말, 행동이 나오려고 하면 내면의 통나무로 지그시 누르고 그것들을 바꿔야 한다. 그런데 이 작업은 어느 정도 궤도에 오르기 전까지는 자신이 원하는 것과 다른 생각, 말, 행동들을 자주 할 것이다. 그래도 이것들을 인내심 있게 꾸준히 바꾸는 작업을 해야 한다. 그리고 그 작업이 숙련되기까지는 그 효과가 바로 나타나지 않기도 하기에 포기하고 싶은 마음이 자주 들 것이다.

그래도 자신이 겪는 현실을 바꾸고 싶다면 끈기 있게 해나가는 방법밖에는 없다. 그렇게 누가 보더라도 끈기 있게 나아간다면 하늘이 도울 것이다. '하늘은 스스로 돕는 자를 돕는다'는 말이 괜히 있는 게 아니다.

그렇게 나의 생각과 말과 행동을 완전히 바꿨다면 어떤 일이 벌어질까? 말 그대로 내 세상이 완전히 바뀐다. 이런 세상이 있었나? 하고 생각할 만큼 바뀐다. 주변 사람이 바뀌고 처한 환경이 바뀌며 어쩌면 직업도 바뀔 수 있다. 그러니 지금 겪고 있는 현실이 이제 지겹다면 한번 해보는 것은 손해 보는 장사는 아닐 것이다. 다만 시작을 했다면 끝까지 해보자. 어중간하게 하다가 중간에 그만둔다면 이도 저도 아닌 결과만을 볼 뿐이다. 어쩌면 안 하니만도 못할 수 있다. 왜냐하면 이전 생각과 새로운 생각이 뒤엉켜 이상한 결과를 만들어낼 가능성이 크기 때문이다.

이제 세상으로부터 독립하자

지금까지 우리는 세상에 종속되어 살아왔다. 그러기에 세상에 벌어지는 일에 대하여 민감하게 반응했다. 왜냐하면 세상이 내 운명을 결정한다고 믿고 있기 때문이다. 그 믿음이 너무 강하여 그런 듯한 상황이 우리 눈앞에서 계속 연출되고 있다. 하지만 아무리 치열한 전쟁터라 해도 살아남는 사람들이 있고, 아무리 전체적으로 주식시장이 폭락해도 주식으로 돈을 버는 사람들이 있다. 이 사람들은 마치 딴 세상에 사는 것 같다. 그런 사람들이나 경우는 왜 발생할까? 세상이 나의 주인이 아님을 알고 자신에게 벌어지는 일은 자신이 창조하고 있음을 안다면 누구나 그런 결과를 만들어 낼 수 있다고 생각한다. 그것은 곧 우리가 세상으로부터 독립했다는 말이다. 그리고 세상으로부터 독립했다는 의미는 세상에 반응하지 않는다는 말과 같다.

독립된 존재는 반응하지 않는다. 그저 지켜보면서 자신의 존재 상태에 머문다. 만약 자신이 행복한 상태이고 그 상태에 머물고자 한다면 외부 세상에 어떤 일이 발생해도 행복한 상태에 있다는 의미이다. 그리고 그렇게 얼마 동안 같은 상태에 있으면 행복한 현실 또한 창조된다. 그런데 이 경지는 우리에겐 너무 높다. 내 눈앞에 보이는 현실이 난리가 났는데 평화롭고 행복한 상태에 머물 수 있을까? 나는 아직 그럴 수 없다. 그러기에 나나, 나와 비슷한 수준의 사람들에게 아직 저 수준까지는 무리라고 생각된다. 그래서 내가 우리 수준에 어울리는 독립방법이라고 생각하는 것은 '자신이 진정으로 원하는 것을 목표로 정하고 그 목표에 집중하는 것'이다. 즉 목표를 정하고, 그 목표를 달성할 수 있게 해줄 수행계획을 짜고, 계획에 따라 행동함으로써 세상에 잡다한 것들에 반응하던 것을 상당수 줄이는 것이다.

예를 들어 예전에 나는 영업 시스템 프로젝트에 참여한 적이 있었는데 업무 강도가 높은 프로젝트 중 하나였다. 매일 야근을 하고 시스템 오픈 전날에는 밤을 새우며 그다음 날 저녁까지 일하기도 했다. 그러다 보니 내 관심사의 대부분이 프로젝트에 주어진 과제를 어떻게 해결할까에 쏠려 있었다. 그걸 해결해야 다음 단계로 넘어갈 수 있었을 때도 있었고 해결이 안 되면 신규 영업 시스템이 잘 동작을 하지 않을 수도 있었기 때문이다. 굉장히 고된 업무였지만 그 대신 다른 걱정은 없었는데 그 이유가 웬만큼 사소한 일에는 관심도 두지 않았기 때문이다. 아니 관심을 둘 여유가 없었다. 하지만 이 경우는 내 의지보단 조직의 의지에 의해 일을 했던 거라 스트레스도 많았다. 다만 그 경험을 통하여 우리가 어떤 특정 목표에 집중하면 내가 생각했던 것 보다 내 안에 큰 힘이 있다는 것을 알았고 또한 내 삶을 내가 우선순위에 두는 것에 집중함으로써 많은 걱정들이 사라진다는 사실을 알게 해주었다.

이 경험을 바탕으로 외부 프로젝트나 과제 말고 자신이 원하는 목표에 온전히 집중하면 어떻게 될까? 자신이 진정으로 원하는 것을 목표로 잡았을 테니, 오로지 자신의 의지에 의한 목표 일 것이다. 그렇기에 스트레스도 훨씬 덜할 것이고, 오히려 생활의 활력을 얻을 수 있다. 그리고 또한 작은 목표들을 하나씩 성취할 때마다 성취감과 자신감이 붙는다. 그러면서 자연스럽게 세상의 잡다한 것들과 점점 멀어지기 시작한다. 연예인들의 가십이나 주변 사람들 일에 쓸데없이 참견하거나 누군가를 비난하는 등의 내 목표와는 상관없는 것들은 내 관심 밖이 되고 점점 자신의 시간을 더 효율적으로 쓰게 된다. 그리고 세상의 자극이 줄어드니 세상에 대한 반응도 줄어드는 것이다. 거기에 내가 원하는 것도 얻을 수 있으니 일석이조, 아니 일석십조다.

목표는 자신이 진정으로 원하는 것이라면, 크건 작건 어떤 것도 상관없다. 자신의 최종 목표 사이에 짧은 기간 내에 달성할 수 있는 목표들을 두고 성취해가면 지속적으로 목표에 대한 흥미를 이어갈 수 있다. 이렇게 하다 보면 결국 모든 것은 외부 세상이 아니라 나에게 달렸음을 온몸으로 체험하게 된다. 이때 우리는 세상으로부터 독립하기 시작하는 것이다.

나도 지금 그렇게 하고 있다. 그리고 앞에서 말한 효과들을 보고 있다. 이렇게 목표를 향해 전진할 때 주변 사람들이 이런저런 부정적인 얘기를 할 수도 있다. 나도 적지 않게 들었다. 하지만 개의치 말고 계속 나아가자. 그들은 자신이 그렇게 못하니 나도 그렇게 못하기를 바랄 뿐이다. 하지만 내가 지속적으로 그런 모습을 보이고, 또한 성과마저 내면 부정적으로 반응했던 그 사람들이 오히려 나를 따라 하려고 한다. 왜냐하면 사실 그들도 그렇게 하고 싶기 때문이다.

"어느 순간 주변에서 자신을 미쳤다고 말할 때, 자신이 제대로 가고 있음을 알게 될 것이다."

인류 진화의 시작점이 되자

지금 이 시기는 인류 역사상 가장 극적인 시기라고 생각한다. 정확히 말하면 인류의 영성, 정신문명이 크게 점프하는 시점이다. 인류는 대략 270년 전 산업혁명을 기점으로 엄청난 물질문명의 진화를 이룬 반면 정신문명은 과거 수천 년 전과 비교해도 크게 달라진 게 없다. 그렇다고 인간이 모자라기 때문이라고 생각하진 않는다. 나는 그것이 신성한 계획의 일환으로 물질문명의 성장 뒤에 정신문명의 성장이 오도록 설계되어 있음을 느낀다. 그리고 이번에 오는 정신문명의 성장은 우리가 270년간 발전시켰던 물질문명과는 비교도 되지 않을 정도로 엄청날 것이라고 본다.

그리고 그 중심에는 한국인들이 큰 역할을 할 것이라고 본다. 우리 민족이 다른 민족보다 뛰어나서가 아니다. 제발 '국뽕'은 버리자. 단지 우리 민족이 그 역할을 하도록 임무를 부여받은 것뿐이다. 그렇기에 우리 민족은 지난 100년간 식민 지배, 전쟁, 가난, 군사독재, 산업화, 민주화, IMF 등 다른 나라들이 그 기간 동안 한두 번이나 겪을까 말까한 일들을 그렇게나 많이 겪은 것이다. 그런 경험들은 우리 민족을 단련시키고 성장시켰다. 또한 수많은 고난과 시련을 겪고 이겨냈기에 다른 나라의 아픔에 공감할 수 있다. K-POP이나 K-DRAMA가 전 세계적으로 인기를 끄는 이유가 이 때문이라고 생각한다. 우리의 문화에는 전 세계 사람들이 공통으로 느끼는 아픔과 희망이 같이 있기에 그들이 공감을 하는 것이다. 즉 우리의 경험과 그들의 경험은 맞닿아 있다.

또한 나는 인류 진화의 시작점은 나와 같이 수준이 낮은 사람들로부터 시작이 될 거라고 생각한다. 영성 수준이 높은 사람들은 소수이고 나와 같은 수준의 사람들이 대부분을 차지하기 때문이다. 대부분의 사람들이 깨어날 때 혁명은 시작된다. 이 책의 목적이 바로 이것이다. 그리고 나는 깨어나는 방법으로 1. 자신의 수준을 명확히 알기 2. 행복해지기 3. 자신의 한계를 넘어서기 4. 스스로 생각해보기 이 4가지를 제시하였다.

자신의 수준을 파악하는 과정을 통해 성장을 시작할 수 있다. 그리고 그 바탕에는 행복이 깔려 있어야 하며 현재의 수준에서 머무르지 않고 성장을 추구해야 한다. 그것은 경쟁을 통하여 누군가를 이기는 것이 아니라 오직 자신의 한계를 넘어서는 것을 통해서 가능해진다. 또한 삶에서의 중요한 질문에 대하여 스스로 생각하고 답함으로써 자신이 무엇이고 현재 무엇을 하고 있는지에 대한 명확성을 얻게 될 것이고, 이 명확성을 통하여 헷갈림 앞으로 빠르게 나갈 수 있을 것이다.

나는 정신문명의 혁명은 오로지 자기 자신에 집중하는 것에서

부터 시작할 것으로 생각한다. 그러기에 나는 오직 자신의 행복, 자신의 목표 등 자신에게 집중하고 자신의 삶을 사는 것을 권하고 있다.

"준비는 다 끝났다. 그러니 우리는 언제든 시작할 수 있다. 망설임을 내려놓고 그냥 하자!"